Renate Welsh

Dieda

oder

Das fremde Kind

Renate Welsh

Dieda oder Das fremde Kind

Obelisk Verlag

Printed in Europe
ISBN 978-3-85197-899-5
www.obelisk-verlag.at

»Dieda!« Der Alte klang ungeduldig.

Zwischen dem Haselstrauch und dem Holunderbusch konnte er sie nicht sehen. Sie hielt den Atem an. »Dieda!« Jetzt schwollen die Adern an seinen Schläfen, wurden dunkelrot und dunkelblau, begannen sich zu bewegen wie Würmer.

»Dieda!«

Eines Tages würden die Adern platzen und das Blut würde spritzen und er würde umfallen. Die Frauen drinnen im Haus würden weinen und klagen, Dieda aber würde ganz allein auf den Berg steigen und oben die Arme ausbreiten und lachen. Und ihr Lachen würde von allen Felsen zurückschallen.

Der Alte stapfte ins Haus. Der Kies knirschte unter seinen großen Schuhen.

Ihr linkes Bein schlief ein. Sie hob es mit beiden Händen auf, trommelte darauf. Es begann zu kribbeln. Das Wichtigste war, dass niemand sie beobachtete, wenn sie aus dem Versteck kroch, sonst konnte sie es nicht mehr benützen. Es gab nicht so viele wirklich gute Verstecke.

Alle Fenster im Haus waren geschlossen, aber es war möglich, dass die Frau in der Küche stand, Kartoffeln schälte und zufällig aufblickte.

Dieda robbte zur Hecke hin, rannte im Schatten der Fichten zum Gartentor. Eine wilde Rosenranke kratzte ihre Wade auf. Sie schlüpfte durchs Tor, hockte sich in den Straßengraben. Wenn jetzt einer käme, würde er denken, er hätte sie beim Pinkeln erwischt. Sie spuckte auf Zeige- und Mittelfinger, rieb Spucke auf den brennenden Kratzer. Löwenzahnblätter hätte sie suchen sollen. Sie putzte Erde und trockene Nadeln von ihrem Hemd und pflückte, so viel sie fassen konnte. Damit schlenderte sie ins Haus.

»Wo warst du?«, fragte die Frau. »Großvater hat dich gesucht.«

Großvater? Das war nicht ihr Großvater. Ihr Großvater war weit weg. Nie würde sie den Alten Großvater nennen. Großvater war ein gutes Wort. Wenn sie es langsam sagte, wurde das O groß und rund. Ein Ton, in den sie sich kuscheln konnte.

»Hol bitte Wasser«, sagte die Frau. Zu ihr sollte Dieda »Mutti« sagen. Das sagte sie natürlich nicht. Sie vermied es, sie direkt anzusprechen.

Der Schwengel des Brunnens war hoch, sie musste springen, um ihn zu erreichen. Das Pumpen machte Spaß, aber sie wurde über und über nass. Sie schüttelte sich. Die Tropfen glitzerten.

»Kannst du nicht aufpassen?«, schimpfte die Frau. Harald und Tommy platzten in die Küche, schleppten den Einkaufskorb zwischen sich, hinter ihnen kamen die Schwestern der Frau. Ihre Stimmen ließen die Gläser im Schrank klirren. Sie füllten jeden Raum. Selbst wenn sie in der leeren Bahnhofshalle standen, war neben ihnen kein Platz. Dieda machte sich so klein wie möglich und schlich aus der Küche. Draußen begann sie zu rennen.

»Warte doch!«, rief Harald. Hinter ihm stolperte Tommy, ein kleiner dicker Schatten.

»Warte!«

Sie lief zum Steg, ließ sich auf die warmen Planken fallen. Harald und Tommy kamen nach.

»Du bist gemein«, keuchte Tommy.

»Stimmt«, sagte sie. »Pass nur auf, ich werde dich verzaubern, ich bin nämlich nicht nur gemein, ich bin auch eine böse Hexe.«

Tommy steckte den Daumen in den Mund. »Wirklich?«, nuschelte er mit flehendem Blick auf seinen großen Cousin.

»Klar«, sagte Harald. Er hielt Dieda sein Schmalzbrot hin und ließ sie abbeißen. »Spielen wir Verstecken?« »Keine Lust.« Nein, Verstecken würde sie ganz sicher nicht spielen. Verstecken war kein Spiel.

»Oder Theater? Wir könnten neue Figuren basteln, ich hab ein Stück Karton gefunden.«

Sie ließ sich hintenüberfallen, ihr Kopf hing überm Wasser. »Dreimal muss sie rummarschieren, das vierte Mal

den Kopf verlieren«, sang Tommy.
Dieda sprang auf. »Gehen wir zum Steinbruch.«
Die steilen Wände strahlten Hitze aus. Eine grün schimmernde Eidechse verschwand in einem Spalt. Zirpen und Flirren füllte die Luft. Am tiefsten Punkt des Talbodens stand wilde Minze in der Lehmkuhle, die duftete stark und süß, daneben wucherten riesige Huflattichblätter. Dieda pflückte zwei, schaufelte mit den Händen Lehm auf die Blätter. Harald machte es sofort nach. Tommy flüsterte: «Es schaut uns einer zu!«
Dieda nickte ernst.
Ein paar Steinchen rollten die Wand herab, klapperten über den Felsen. Tommy schrie auf.
«Jetzt hast du alles kaputtgemacht«, sagte Dieda. »Wir können genauso gut zurückgehen. Du hast sie vertrieben mit deinem Gekreisch.«
»Wen?«
Dieda schüttelte nur den Kopf. Tommy trottete hinter ihr her, stolperte, schlug sich das Knie blutig, aber er heulte nicht, schluckte nur mehrmals.
»Wehe, du sagst, wo wir waren«, schärfte ihm Dieda ein. »Dann nehmen wir dich nie wieder mit.«
Er nickte. Eine Rotzblase stand vor seinem linken Nasenloch. Dieda pflückte noch ein Huflattichblatt und reichte es ihm. Sie war sicher, dass Tommy den Mund halten würde. Er wusste, dass der Steinbruch verbotenes Gebiet war.
Sie hatten Glück, sie konnten den Lehm unbemerkt in

den Schuppen tragen und den ärgsten Schmutz abwaschen. Der Alte und die Frauen saßen auf der Terrasse hinter dem Haus und tranken Tee.

Im Nussbaum hüpfte ein Eichhörnchen von Ast zu Ast. Sein buschiger Schwanz wehte hinter ihm her wie eine Fahne.

Lautes Klirren ließ die Frauen aufspringen, eine Teetasse lag in Scherben, es tropfte rötlich vom Tisch, das Hemd des Alten hatte Spritzer abbekommen. Eine grüne Nuss kollerte hinunter auf die Steine.

»Tor!«, flüsterte Harald. Dieda grinste. Das Eichhörnchen hatte gut gezielt, oder wenigstens gut getroffen.

In diesem Augenblick schaute der Alte zu ihr her. Mit drei Schritten war er bei ihr, packte sie mit seinen harten riesigen Händen, schüttelte sie. »Dir wird das Feixen noch vergehen!«, schrie er.

Harald stand da mit geballten Fäusten, dunkelrot im Gesicht.

An diesem Tag begann der Krieg. Der Alte schwor, die Eichhörnchen zu erschießen, die Nüsse stahlen und Teetassen zerbrachen. Dieda lauerte ihm auf. Sie erkannte schon an seinem Schritt, ob er ins Haus ging, um das Luftgewehr zu holen. Dann rannte sie hinauf auf den Balkon und klatschte und kreischte und verscheuchte die Eichhörnchen. Sie wusste genau, dass der Alte nachkommen und dreimal mit dem Gewehrschaft zuschlagen würde. Dann würde er sie an der Schulter packen und sein Gesicht würde immer näher kommen.

»Entschuldige dich!«
Sie schüttelte jedes Mal den Kopf. »Ich denke nicht daran. In meines Vaters Garten wird niemand umgebracht!« Der Satz gefiel ihr.
Sie sah, wie die Adern an den Schläfen des Alten immer dicker anschwollen, sich immer wütender knoteten. Bald, dachte sie. Es machte ihr fast nichts aus, dass der Alte ihr einen Löffel Rizinusöl einflößte, um ihr den Teufel auszutreiben. Sie hockte auf dem Klo und freute sich, wenn wild an der Tür gerüttelt wurde. Geschah ihnen recht. Geschah ihnen auch recht, dass es so fürchterlich stank. Ersticken sollten sie an dem Gestank, alle miteinander, der Alte und seine Töchter. Harald und Tommy nicht, was konnten die für ihre Mütter und ihren Großvater. Wenn sie zur Strafe kein Abendessen bekam, steckte ihr Harald manchmal heimlich ein Stück Brot oder einen Apfel zu.
»In meinem ganzen Leben habe ich kein derart halsstarriges, dickköpfiges, eigenwilliges, trotziges Kind gesehen«, sagte der Alte eines Abends zu der Frau. »Wenn es uns nicht gelingt, ihr klar zu machen, dass es so nicht geht, dann wächst sie uns über den Kopf. Das Mädchen ist gefährlich, denk an meine Worte.«
Dieda packte mit der linken Hand ihren rechten Oberarm und mit der rechten den linken Oberarm und wiegte sich vor und zurück. »Das Mädchen ist gefährlich«, wiederholte sie leise. »Ich bin gefährlich. Ihr wisst ja gar nicht, wie gefährlich ich bin!«

Harald fand eine alte, angeschlagene Waschschüssel. Darin kneteten sie den Lehm mit ein wenig Wasser, bis er geschmeidig wurde, und begannen Köpfe zu formen. Dieda modellierte einen bösen Zauberer; als sie fertig war, stellte sie fest, dass der Zauberer dem Alten sehr ähnlich sah.
»Ich mach eine Prinzessin«, sagte Harald.
Die Prinzessin wurde eine Hexe. Anscheinend war es leichter, hässliche Gesichter zu formen als schöne. Zuletzt gelangen ihnen doch ein Prinz und eine Prinzessin, nur waren die weit weniger interessant als die beiden Bösen.
Aus dem übrig gebliebenen Lehm formte Tommy drei Vögelchen, die sahen gar nicht so schlecht aus.
Sie trugen die Köpfe auf den Dachboden, stellten sie vor das Fenster, durch das die Nachmittagssonne fiel. In einer Woche, dachten sie, würden die Köpfe getrocknet sein und sie konnten sie bemalen.

Mit Haralds neuem Malkasten und zwei Marmeladegläsern voll Wasser schlichen sie die Bodentreppe hinauf. Dieda war schon über den Balken gestiegen, als Tommy auftauchte. Sie hatten gehofft, ihn abgeschüttelt zu haben. Tommy lief gleich zu den Köpfen hin. Seine Begeisterung war so groß, dass Dieda bereit war, ihm zu verzeihen, dass er mitgekommen war. Er hockte sich hin. »Das ist Großvater!«, rief er. »Der wird sich freuen.«
Dieda glaubte nicht, dass er sich freuen würde.
Tommy hob den Kopf auf, stellte ihn auf seine Handfläche und sprach ihn an. »Guten Tag, Großvater! Wie geht

es dir heute?«

Harald nahm das Spiel auf. »Sind deine Enkelkinder immer noch so unmöglich? Ja, diese heutige Jugend, zu deiner Zeit war alles ganz anders . . .«

Alter Knacker, dachte Dieda. Zibebenkacker, hatte die Hausmeisterin daheim über jemanden gesagt. Das Wort gefiel Dieda. Wenn sie nur gewusst hätte, was Zibeben bedeutete. Sie überlegte, wen sie fragen könnte, da sah sie, wie es durch Tommys Finger rieselte.

»Achtung!«, rief sie.

Tommy erschrak und ließ den Kopf fallen. Auf dem Boden blieb ein Haufen Sand, nicht eine einzige Scherbe.

»Trottel!«, schrie Harald.

Dieda packte Tommy und hielt ihn im Schwitzkasten. Harald nahm den Kopf der Prinzessin in die Hand. »Der ist auch kaputt!«, rief er.

Tommy schluchzte: »Den hab ich gar nicht angerührt!«

Dieda ließ Tommy los, er taumelte zurück, schlug sich an einem Dachsparren an.

Alle Köpfe zerfielen zu Staub, sobald man sie anrührte. Dieda trampelte auf den Resten herum.

»Bist du verrückt geworden?«, schrie Harald.

Dieda ließ sich auf einen Balken fallen. »Wenigstens ist der Zibebenkacker als Erster hin gewesen«, murmelte sie.

Tommy hielt seinen Hinterkopf. »Ihr spinnt«, sagte er. Er versuchte vergeblich, die Rotzblasen hochzuziehen, die vor beiden Nasenlöchern standen. Harald reichte ihm ein ziemlich schmutziges Taschentuch.

»Schaut!«, rief er triumphierend. »Einer von meinen Vögeln ist heil geblieben!« Er setzte den Vogel auf einen Balken. »Was ist ein Zibebenkacker?«
»Einer, der Zibeben kackt«, sagte Harald.
»Und was sind Zibeben?«
»Du weißt aber auch gar nichts«, sagte Dieda. »Wickelkind!«
Das Gute an Tommy war, dass er sie nie verpetzt hatte. Nicht ein einziges Mal. Er war furchtbar lästig, aber er verriet sie nie. Dabei sein wollte er, das war alles.
»Harald! Tommy!«, rief Haralds Mutter.
Sie zogen die Schuhe aus, schlichen auf Socken hinunter und aus dem Haus, dann trampelten sie türenknallend in die Küche. Der Dachboden war angeblich gefährlich, es war ihnen streng verboten, dort hinaufzugehen.
»Dich brauche ich hier nicht«, sagte Haralds Mutter zu Dieda. »Du könntest endlich die Spielzeugkiste aufräumen.«
Dieda setzte das Lächeln auf, von dem sie wusste, dass es die Frauen zur Weißglut trieb. Ein ganz kleines Lächeln, das deutlich sagte: Ich weiß, warum ihr mich loshaben wollt. Jetzt gibt es etwas Gutes und ich bekomme nichts davon. Ich hoffe, es bleibt euch im Hals stecken. Leider hatte sie Hunger, da gelang das Lächeln nicht so ganz. Aber es genügte offenbar, denn Haralds Mutter drehte sich abrupt um und klapperte sehr laut mit ihren Töpfen.
Gewonnen, dachte Dieda.
Sie ging hinauf ins Kinderzimmer. Einen Mühlestein,

zwei Puzzleteile, drei Halma-Figuren steckte sie in ihre Rocktasche. Die Frauen würden sich schön ärgern, wenn sie spielen wollten und etwas fehlte. Falls Dieda selbst spielen wollte, wusste sie ja, wo die Teile waren. Ihr Magen knurrte, begann richtig wehzutun. Aber sie würde jetzt nicht hinuntergehen. Da konnten sie lange warten.
«Was gibst du dem fremden Kind?«, hatte eine der Frauen zu Harald gesagt. Sie hatte nicht gewusst, dass Dieda in Hörweite war. Noch einmal würde sie ihr keine Gelegenheit dazu gehen. Sie schlug mit der flachen Hand auf ihren Magen. Hör auf zu krampfen, verdammt noch einmal.
Harald kam herauf, zog ein Stück Kuchen aus der Hosentasche, hielt es ihr hin. Sie schüttelte den Kopf. »Keine Lust«, sagte sie.
»So schlecht ist der gar nicht«, erklärte Harald. »Kost einmal.«
»Du kannst dir deinen Scheißkuchen in die Haare schmieren!«, schrie sie. «Glaubst du, ich bin dein Mülleimer?«
Er zuckte mit den Schultern, nahm einen großen Bissen. »Du spinnst wirklich«, sagte er mit vollem Mund. Sie wischte die schweißnassen Finger an ihrem Rock ab. Am liebsten hätte sie ihm den Kuchen aus der Hand gerissen.
Tommy kam angerannt. »Zibeben sind Rosinen!«, verkündete er.
»Wer hat dir das gesagt?«, fragte Dieda.

»Meine Mutti.« Er hielt ihr eine geschlossene Hand hin, öffnete die Finger. Sieben Rosinen lagen da.
»Du hast ihr doch nicht gesagt, dass ich ihn einen Zibebenkacker genannt habe? Obwohl, wär mir auch egal.«
»Ich bin doch nicht blöd«, sagte Tommy. «Ich hab nur gesagt, ich möchte wissen, was Zibeben sind, ob das mit Zizibe zu tun hat.«
Nein, Tommy war durchaus nicht blöd. Sie nickte ihm zu.
»Ihr habt ja auch nicht gewusst, was Zibeben sind«, fuhr er fort. »Jetzt wisst ihr's endlich.«
»Ja«, sagte Dieda. Tommy und Harald betrachteten sie überrascht. Sie hatten eine ganz andere Antwort erwartet.
Tommy kicherte. »Zibebenkacker«, sagte er versonnen. »Glaubst du, dass die da« - er zeigte auf die Rosinen in seiner Hand und verschluckte sich fast vor Lachen.
»Gib her.« Sie nahm ihm die Rosinen aus der Hand, roch daran, steckte sie blitzschnell in den Mund.
»Nein«, sagte sie, »die waren in Ordnung.«
Tommy schimpfte: »Nicht eine einzige hast du mir übrig gelassen. Wo ich sie doch so gern mag.«
Leider war ihr Hunger noch größer geworden. Sie biss auf ihren Daumenballen, das half auch nicht. Wie lange noch bis zum Abendessen?
Der Alte rief. Er hatte Holz gehackt, sie sollten es ordentlich schichten. Als sie fertig waren, schickte die Frau Dieda Milch holen. Harald und Tommy begleiteten sie. Dieda wäre lieber allein gegangen. Wenn sie allein zur Hofer-Bäuerin kam, gab es manchmal einen Bratapfel für

sie oder ein Stück ofenwarmes Brot. Aber nie, wenn sie zu dritt auftauchten.

»Kannst du Kanne-Drehen?«, fragte Harald.

»Klar.«

Auf dem Weg hinauf füllten sie an jedem Brunnen die Kanne mit Wasser. Harald und Dieda schafften es, die Kanne mit Schwung eine volle Drehung machen zu lassen, ohne einen einzigen Tropfen auszuschütten. Tommy drehte nicht schnell genug, ein Schwall Wasser ergoss sich über seinen Kopf.

»Das Wasser von den anderen Brunnen ist ganz anders», behauptete er. »Mit dem hier geht es nicht.«

Auf dem Rückweg versuchte er Dieda zu überreden, die volle Milchkanne zu drehen. Diesmal ließ sich Dieda nicht verleiten. Ihr war schlecht vor Hunger, heute würde sie kein Risiko eingehen. Wenn sie die Milch verschüttete, würde sie ohne Abendessen ins Bett geschickt werden. Das war so sicher wie... nein, es gab nichts auf der Welt, das so sicher war.

»Du bist ja doch ein Feigling«, sagte Tommy enttäuscht.

Dieda und Harald rannten die Straße hinunter. Sie waren so spät dran, dass sie den direktesten Weg zur Schule nehmen mussten. Plötzlich blieb Harald stehen. »Da vorne ist was», keuchte er. »Hörst du nicht?»

Über dem Geklapper ihrer Holzsohlen und ihrem eigenen Schnaufen hatte sie tatsächlich nichts gehört. Kaum zu glauben. Dieses Stimmengewirr, Wasserrauschen, Hupen,

Prasseln, Zischen, Knistern, das sollte sie nicht gehört haben? Jetzt trug der Wind auch noch beißenden Rauch herüber.

Harald begann zu husten, krümmte sich, wurde rot im Gesicht und dann blau. Sie schlug ihn kräftig auf den Rücken, er schnappte nach Luft wie ein Fisch auf heißen Steinen, dann atmete er wieder normal.

»Ich glaub, ich hab Rauch geschluckt», erklärte er später.

An der Kurve sahen sie, dass die Straße abgesperrt war.

Gerade an dieser Stelle gab es keine Möglichkeit auszuweichen. Quer über der Straße standen zwei Lastwagen, dazwischen hatte sich ein grauhaariger Mann aufgepflanzt, der eine viel zu enge Uniformjacke trug und zum Ausgleich eine Kappe, die ihm bis zu den Ohren herunterrutschte.

»Haaalt!«, brüllte der Mann.

Harald blieb stehen und salutierte, währenddessen lief Dieda vor und duckte sich hinter den Lastwagen. Kurz darauf kam ein Motorradfahrer angebraust, bremste vor dem Mann und hüllte ihn in eine Staubwolke ein. Harald trat zur Seite, als wollte er die Männer nicht in ihrem Gespräch stören. Der Motorradfahrer in seiner schwarzen Lederkluft beugte sich zu dem alten Mann, flüsterte ihm etwas ins Ohr, keiner beachtete Harald, der vorrannte, kurz zögerte. Dieda pfiff drei Töne, in dem Lärm konnten sie niemandem auffallen.

Sofort stand Harald neben ihr, packte ihren Arm. »Und jetzt?«, flüsterte er.

»Meinst du, wir können uns ins Haus schleichen?», fragte Dieda zurück.

Er kniff hart in ihren Oberarm. »Bist du wahnsinnig? Da krachen doch die Balken herunter!«

Die Hitze war bis zu ihnen zu spüren. Der Wasserstrahl aus den Schläuchen der Feuerwehr konnte nichts ausrichten, links und rechts davon schossen Flammen in die Höhe. Mit lautem Klirren und einem hohen Ton, der in den Ohren schmerzte, zerbarsten gleichzeitig mehrere Fensterscheiben, brennende Papierfetzen wehten aus dem Haus; wo sie landeten, stieg eine Stichflamme im Gras auf. Ein Zettel fiel Dieda direkt vor die Füße, sie stampfte das Feuer aus, hob das angesengte Papier auf. »Volksverhetzung und Defätismus« stand da, darunter »ist der Vollzug unverzüglich«, und in der letzten Zeile war noch »Heil« zu lesen.

»Der Hitler ist verbrannt«, sagte Dieda.

Harald fuhr erschrocken auf, legte ihr die Hand auf den Mund.

»Hört uns sowieso niemand«, sagte sie.

Der Alte liebte Hitler. Wenn er den Namen hörte oder sagte, glänzten seine Augen und er stand noch aufrechter als sonst. Das war Grund genug für sie, Hitler zu hassen. Sie strich das Papier glatt, faltete es und steckte es in die Schulmappe.

»Wir sollten heimgehen«, meinte Harald.

»Hält dich doch keiner zurück!«

Sie kroch unter dem Lastwagen vor. Ihr Kopf schlug ge-

gen ein Metallstück, einen Moment lang war sie, vom Schmerz abgelenkt, unaufmerksam, da wurde sie an der Schulter gepackt und herausgezogen.
»Bist du wahnsinnig?«
Sie wagte nicht aufzublicken. Der Mann schüttelte sie, sein Griff war hart. Würde man sie jetzt als Spionin einsperren? Jeder im Dorf wusste, dass das ehemalige Hotel von der Partei besetzt worden war, keiner wusste wirklich, was da vorging, jedenfalls sprachen die, die es wussten, nicht darüber. Dieda suchte nach dem Trotz, auf den sie sich sonst immer verlassen konnte, fand nur Angst.
»Hau ab, und zwar schnell«, sagte der Mann leise.
Die Stimme kannte sie doch. Mit gesenktem Kopf versuchte sie, sein Gesicht zu sehen.
»Hau ab, hörst du nicht?«
Das war der alte Hofer. Der Mann, der ihr die Schier geschnitzt hatte. Der oft auf der Ofenbank saß, wenn sie Milch holte.
Er drehte sich weg, blieb breitbeinig stehen. Sie kroch wieder unter den Laster, stieß sich beim Aufrichten noch einmal den Kopf an, rannte los, hörte Harald neben sich keuchen. Sie hetzten bis zur Brücke, dort rutschten sie den Hang hinunter, bremsten im letzten Augenblick und ließen sich endlich auf die Podeste hinter den Brückenpfeilern fallen. Beide atmeten schwer, beide starrten auf die Strudel rings um die Pfeiler. »Du bist total verrückt«, sagte Harald schließlich. »Ich hab geglaubt, die stecken dich ins Gefängnis.«

»Wenn ich warten müsste, bis du mich rausholst, müsste ich lange warten.«

Er antwortete nicht.

Mistkerl. Mit ihm zu streiten wäre leichter, als das Durcheinander in ihrem Kopf zu sortieren. Einzelne Wörter, die sie irgendwo aufgeschnappt hatte, zischten durch ihr Hirn, schlugen an die Schädeldecke. Wörter, die eigentlich gar nichts Gefährliches bedeuteten. Oben. Alm. Nacht.

»Glaubst du, dass nur der Kopf denkt?«, fragte sie.

Harald starrte sie an.

»Wer denn sonst?«

»Weiß nicht. Irgendwie... mir kommt vor, die Augen sehen Sachen und du weißt es nicht, und die Ohren hören und du weißt es nicht, aber irgendwas in dir weiß es doch, und das ist ziemlich scheußlich...«

Er nickte.

»Du verstehst ja doch nicht!«, rief sie.

»Nein«, gab er zu. »Ich glaube, wir sollten heimgehen. Die haben vielleicht schon gehört von dem Brand.« Sie kletterten zurück zur Straße.

»Endlich!«, rief die Frau, als sie das Gartentor öffneten. »Wo habt ihr euch wieder rumgetrieben?«

Haralds Mutter kam angerannt und presste ihn an sich. »Ich hab mir solche Sorgen gemacht!«

Jetzt kam auch noch der Alte. Er wollte wissen, was die Leute redeten.

»Da waren keine Leute«, sagte Harald. »Nur Feuerwehr

und Soldaten.«
Der Alte drehte sich weg und stapfte davon.
Als die Frau die Herdtür öffnete und Holz nachlegte, starrte sie lange ins Feuer.
»Das ist der Anfang«, sagte Haralds Mutter. »Du wirst sehen, das ist der Anfang vom Ende.«
Der Alte war in die Küche gekommen. Er fuhr sie an. »Was redest du wieder für Unsinn? Weibergeschwätz! Natürlich brennt es, es brennt schon lange an allen Ecken, und jetzt eben auch einmal hier. Das hat nichts zu bedeuten. Das Neue muss immer unter Schmerzen geboren werden, das solltest gerade du wissen. Dieses Feuer ist ein Glück für uns, jetzt werden die Ratten aus ihren Löchern kriechen und wir können verhindern, dass sie weiteren Schaden anrichten.«
Haralds Mutter wiegte den Kopf.
»Nimm dich in Acht!», rief der Alte und stand hoch aufgerichtet vor ihr.
»Was heißt Defitischen?«, fragte Harald, und sie hatten endlich Gelegenheit, gemeinsam über ihn herzufallen und ein strenges Verhör zu beginnen, woher er das Wort habe. Ausnahmsweise hatte er diesmal schnell eine Antwort bereit. Er habe gehört, wie zwei Männer auf der Straße das Wort verwendeten, und das hätte sehr zornig geklungen.
»De-fä-tis-mus«, sagte der Alte, »bedeutet, alles schlecht zu sehen, das Schlimmste zu erwarten. Kommt vom lateinischen fatum, dem unerbittlichen Schicksal.» Er blickte sich um, als erwarte er Beifall.

Ich muss mir das Wort merken, dachte Dieda, aber ich habe es sowieso in der Schulmappe. Ein Wort, das du nicht magst. Ich könnte dich voll stopfen mit Wörtern, die du nicht magst. Bis du daran erstickst.

Sie saßen noch beim Abendessen, als der Alte aufblickte und die Eichhörnchen im Nussbaum sah. Er sprang auf. »Heute entkommen sie mir nicht!«, rief er.
Dieda schob den letzten Löffel Erbsenbrei in den Mund und rannte auf den Balkon. Mit der Sohle ihrer Holzschuhe schlug sie auf den Eimer, der zum Blumengießen dastand. Lange bevor der Alte aus dem Haus trat, waren die Eichhörnchen verschwunden.
Sie zupfte vertrocknete Blüten von den Geranien, als er kam. Aber der Alte ließ sich nicht täuschen. Die Schläge waren härter als je zuvor. Er schnaufte dabei. »Jetzt entschuldige dich!«
»Nein. In meines Vaters Garten wird niemand umgebracht!«
Die letzten Schläge waren deutlich schwächer. Der Alte griff nach seinem Kreuz, stöhnte, richtete sich auf und ging.
Dieda musste ganz dringend aufs Klo, aber das Aufstehen war schwierig und das Gehen noch schwieriger. Sie musste auf jeder Treppenstufe stehen bleiben, den zweiten Fuß nachziehen. Gleich würde ihre Blase platzen.
Wenigstens war die Toilette frei. Beim Niedersetzen schoss ein scharfer Schmerz bis hinauf in ihren Kopf, aber die Erleichterung war so groß, dass es ihr fast nichts ausmachte.

Sie wollte aufstehen und konnte nicht. Schließlich rollte sie vom Sitz, robbte zur Tür und zog sich am Türrahmen hoch.

Die Zähne putzte sie nicht.

Im Bett lag sie auf dem Bauch, auch das war schwierig, jede Bewegung schmerzte. Aber ich habe nicht nachgegeben, ich habe nicht nachgegeben, ich habe nicht nachgegeben. Ich bin gefährlich, das hat er selbst gesagt. Ich werde noch viel gefährlicher werden. Die werden sich wundern!

Sie biss in ihren Daumen, wollte nicht heulen, aber der Tränenstrom ließ sich nicht eindämmen von der Staumauer aus Wut. Großvater, Opapa, dachte sie, wenn du wüsstest, du kämst und würdest mich holen. Aber du kannst es nicht wissen. Ich kann dir nicht schreiben, was ich dir sagen will. Bevor sie mir eine Briefmarke gibt, liest die Frau meine Briefe und bessert die Fehler aus, dann muss ich sie noch einmal schreiben. Die sieht nur die Fehler. Dich würden sie nicht stören, dich nicht.

Das Bild ihrer Mama tauchte vor ihr auf, wie sie den Kopf in die Hände stützte. Jedes Geräusch hatte Mamas Schmerzen schlimmer gemacht. Bitte sei leise, Mama hat Kopfweh. Sie war nicht leise genug gewesen und das Ding in Mamas Kopf war geplatzt. Aber ich wollte das doch nicht, wirklich nicht, Mama, ich hab dich doch so lieb. Ich hab dich doch so lieb gehabt. Mama, sei nicht böse!

Sie war ein böses Kind, und das alles war ihre Strafe, der Alte, die Frau. Wahrscheinlich schrieb Papa nicht, weil er wusste, dass sie schuld war, an allem schuld.

Ihr Kopfkissen war nass. Es roch säuerlich. Sie drehte es um, die Knöpfe drückten in ihre Wange. Irgendwie war das tröstlich. Sie war schon viel zu groß, um noch am Daumen zu lutschen, das sagten alle. Die Frau wusste immer, wenn sie es doch getan hatte, und schimpfte. Einmal hatte sie ihr Ochsengalle auf die Daumen geschmiert, um ihr das Lutschen abzugewöhnen. Trotzdem steckte sie den Daumen in den Mund, nuckelte sich in den Schlaf.
Als sie aufwachte, war sie fast enttäuscht, dass sie die Beine bewegen konnte wie sonst und ihr Rücken kaum mehr wehtat.

»Hast du schon wieder an deinen Haaren gekaut«, schimpfte die Frau, als sie Dieda die Zöpfe flocht. »Das sieht wirklich furchtbar aus.«
Harald wartete schon im Garten. Er pfiff auf zwei Fingern. Dieda hätte wer weiß was dafür gegeben, wenn sie das auch gekonnt hätte. Immer wieder übte sie heimlich, aber es wollte ihr nicht gelingen, nicht den leisesten Pfiff schaffte sie.
In der Mitte der Brücke blieben sie stehen wie jeden Tag, gingen jeder drei Schritte rückwärts, sammelten Spucke. Dieda hob die Hand, streckte den Daumen hoch, den Zeigefinger, den Mittelfinger und beide spuckten gleichzeitig im hohen Bogen in den Fluss. Zwei Schaumhäufchen trieben davon, zwei Köpfe beugten sich übers Geländer.
»Gewonnen!«, rief Harald. Seine Spucke war weit voraus.

Aber da blieb sie an einem der großen Steine hängen, wurde zurückgeworfen, drehte sich im Kreis, während Diedas Spucke weitergetrieben wurde.
»Von wegen gewonnen!«, sagte Dieda.
In diesem Augenblick erfasste eine Welle Haralds Spucke und schleuderte sie voran, Diedas aber löste sich auf.
Harald trommelte mit beiden Fäusten gegen seine Brust. »Wer ist jetzt der Sieger?«
Dieda zuckte mit den Schultern und wandte sich zum Gehen. »Das gilt sowieso nicht, das Spiel war schon aus«, sagte sie über die Schulter zurück.
Als sie in die Schulgasse einbogen, zuckte ein scharfer Schmerz durch ihre rechte Fußsohle. Sie blieb stehen, hob den Fuß.
»Wir kommen zu spät«, drängte Harald.
«Geh doch vor!« Dieda zog die Sandale mit der Holzsohle aus. Natürlich. Da hatte sich wieder einmal ein Nagel durchgebohrt. Dieda hasste diese Sandalen fast noch mehr als ihre hohen Schnürschuhe, die Frau aber hatte gesagt, sie sei froh, dass sie überhaupt Schuhe gefunden habe, in Zeiten wie diesen könne man nicht zimperlich sein. »Unsere tapferen Soldaten müssen weit mehr leiden. Hitze und Kälte, Hunger und Durst, Gefahren und Müdigkeit, all das muss ein Mensch ertragen können, ehe er ein Mensch wird.«
Von Nägeln in den Fußsohlen ist da aber keine Rede, dachte Dieda. Sie hämmerte mit der Sandale gegen den Randstein, bis der Nagel herausfiel, gegen den Kanaldeckel

klirrte und verschwand. Dann humpelte sie in die Schule. Die Lehrerin fragte nicht einmal, wieso sie zu spät kam. Die großen Buben in den letzten Bänken aber murmelten gerade so laut, dass sie es verstehen konnte: »Krüppelhex!« Sie bemühte sich, ihnen einen vernichtenden Blick zuzuwerfen, leider tat jeder Schritt so weh, dass sie selbst spürte, aus dem vernichtenden war ein jämmerlicher Blick geworden.

Auf dem Heimweg zerfiel die Sandale in zwei Teile. Die Frau schimpfte. Diedas geschwollenen Fuß bemerkte sie erst am Abend, da machte sie ihr ein Bad mit Schmierseife, die stank, aber das Pochen in der Wunde wurde schwächer.

In der Nacht träumte sie von Wien. Sie ging zwischen Opapa und Omi auf das Haus der Eltern zu, da landete ein weißes Schiff auf dem Dach, ein glänzendes weißes Schiff, und plötzlich schlugen aus den Fenstern im zweiten Stock Flammen und hüllten das Haus ein. »Papa!«, schrie sie und konnte nicht aufhören zu schreien, als sie aufgewacht war.

Die Frau stand an ihrem Bett, fragte: »Was ist denn? Was hast du?«

Dieda erzählte ihren Traum, und die Frau setzte sich zu ihr, strich mit ihrer kühlen Hand über Diedas Stirn und murmelte: »Ist schon gut. Schlaf jetzt.« Es war schön, gestreichelt zu werden, die Stimme der Frau klang ganz anders als sonst, warm und nahe. Dieda schlief wieder ein.

Am Morgen konnte sie nicht auftreten, die Wunde an ihrer Fußsohle hatte einen gelben Pfropfen in der Mitte, war geschwollen, die Haut ringsum glänzte hässlich. Dieda hüpfte auf einem Bein zum Klo. Die Frau machte ihr wieder ein Schmierseifenbad. »Heute kannst du nicht in die Schule gehen«, sagte sie. Sie brachte Dieda ihren eigenen Malkasten mit den vielen winzigen Farben und einen richtigen Zeichenblock.

Mit dem Fuß in der Waschschüssel malte Dieda den Wiesenblumenstrauß, der auf dem Küchentisch stand, ein Bild für ihren Papa.

Die Frau schlug Teig ab. Ihre Schwestern und der Alte waren weggegangen. »Die Glockenblumen sind besonders schön geworden«, sagte die Frau.

»Die Margeriten sind blöd«, sagte Dieda, aber sie freute sich.

»Mal doch außenrum gelb, dann sieht es aus, als schiene die Sonne auf die Blumen«, schlug die Frau vor.

Dann stand der Briefträger in der Küche und brachte ein Telegramm, die Frau riss es auf, stand starr da, schaute Dieda an, las wieder das Telegramm, setzte sich zum Tisch. «Erzähl mir noch einmal, was du geträumt hast.«

Dieda fing an und plötzlich liefen ihr Tränen über die Wangen, sie wischte sie weg, aber da kamen neue, sie wusste nicht recht warum. Die Frau legte ihr die Hand auf den Kopf.

Die Tür ging auf, der Alte trat ein. Die Frau nahm ihre Hand weg, reichte dem Alten das Telegramm. Das Blatt

raschelte und zitterte.
»Nein«, sagte der Alte. Gleich darauf kamen die beiden Schwestern der Frau, auch sie lasen das Telegramm, die eine schluchzte, die andere zerknüllte ihr Taschentuch. Dieda wollte fragen, was denn geschehen war, und brachte den Mund nicht auf. Wütend war sie auch. Alle wussten Bescheid, nur sie nicht.
Harald platzte in die Küche. »Wer ist gestorben«, fragte er. Alle vier fuhren ihn an, er solle seine dummen Witze lassen, Onkel Stefans Haus sei von einer Bombe getroffen worden.
Onkel Stefan, das war Papa! Ihr Papa! Das ging sie an, mehr als alle anderen hier! Dieda sprang auf, Seifenwasser spritzte durch die ganze Küche, sie riss das Telegramm an sich.
HAUS UND WOHNUNG BESCHÄDIGT STOP BRI GITTA LEICHT VERLETZT STOP BRIEF FOLGT STEFAN
Brigitta war Papas Assistentin. Dieda liebte Brigitta.
»Was ist mit meinem Papa?«, rief Dieda.
»Er war bestimmt im Krankenhaus und nicht daheim«, sagte die Frau. »Er ist sicher unverletzt, sonst hätte er etwas geschrieben.«
»Ich will zu meinem Papa!«, schrie Dieda.
»Sei nicht hysterisch«, schimpften die Schwestern der Frau.
»Davon wird nichts besser«, fügte der Alte hinzu. »Denk an die armen Soldaten an der Front. Die müssen weit mehr ertragen.«

»Heute Nacht hat sie es geträumt«, sagte die Frau.
Eine ihrer Schwestern nahm ein Bodentuch und wischte auf.
»Schau, was du wieder angerichtet hast«, sagte die andere zu Dieda.
Diedas Hände hingen schwer an ihren Armen. Die Frau sagte etwas. Warum verstand Dieda kein Wort?

Die ältere Schwester der Frau öffnete die Herdtür und legte Tannenzapfen auf die Glut, die jüngere füllte den Teekessel, führte die Frau zum Tisch, drückte sie auf die Bank. Als das Wasser kochte, reichte sie ihr einen Becher Tee.
Dieda stand immer noch da, bis Harald fragte, ob sie mit ihm Tannenzapfen holen wolle, die Kiste sei leer. Es überraschte sie, dass ihre Füße bereit waren mitzugehen.
»Warum haben sie dich so komisch angeschaut?«, fragte Harald.
Sie hätte ihm gern von ihrem Traum erzählt, aber sie fand keinen Anfang, und als gleich darauf Tommy heulend angerannt kam, weil sie ihn nicht mitgenommen hatten, wollte sie nicht mehr.
»Alle sagen, du bist ein Hexenkind«, schniefte Tommy. »Und sie würden sich nicht wundern, wenn du jüdisch wärst, so wie du aussiehst, sagen sie.«
Harald schüttelte Tommy. »Wer sagt das?«
Tommy schluchzte laut. »Alle! Und du wirst schon noch sehen, sagen sie.«

Dieda kratzte den Schorf von der Wunde an ihrem Knie, wartete, bis ein dicker Blutstropfen hervorquoll. Sie beschmierte ihren Zeigefinger mit dem hellroten Blut und tupfte es an Tommys Stirn. »Jetzt bist du auch verhext«, sagte sie und beugte sich vor, brachte ihr Gesicht ganz nahe an Tommys Gesicht, sodass sich ihre Nasen berührten. »Wenn du ein Wort davon verrätst, wird deine Zunge schwarz und du kannst nie wieder sprechen!«

»Du lügst!«, kreischte Tommy. »Immer lügst du, das sagt auch mein Großpapa.«

Dieda atmete tief ein, blies mit aller Kraft in seine Nasenlöcher. »Siehst du, dass ich nur mehr ein Auge habe? Ein großes, böses Auge? Daran erkennt man die Hexen.«

»Nein!«, schrie Tommy und drückte beide Fäuste gegen seine Augen. »Geh weg!«

Harald starrte Dieda an. Es war deutlich zu sehen, dass ihm sein lästiger kleiner Cousin fast leid tat.

Dieda zuckte mit den Schultern, ging drei Schritte zurück. »Einmal verzeihe ich dir noch. Aber merk dir, es ist das letzte Mal! «

Zu Tommys Füßen breitete sich eine Pfütze aus. Sein Hosenbein war nass.

Harald warf aus einiger Entfernung Zapfen in den Korb. Wenn er traf, grinste er, wenn er den Korb verfehlte, tat er, als hätte er nie gezielt. Tommy rannte hin und her, brachte Zapfen, sammelte die auf, die neben den Korb gefallen waren. Dieda füllte Zapfen in ihre Schürze, beim Ausleeren sah sie die Harzflecke auf dem blauen Stoff.

»Verstehst du das?«, begann Harald wieder einmal. Eigentlich hätte Dieda jetzt sofort Nein sagen können, Fragen, die damit begannen, waren immer nur mit Nein zu beantworten. »Kaum komme ich in die Nähe, hören sie mitten im Satz auf zu reden.«
»Wer?«
»Alle. Und dann wechseln sie Blicke.«
Dieda zuckte ausgiebig mit den Schultern. Sie hatte gedacht, dass die Erwachsenen das nur bei ihr täten. »Sie spinnen eben.«
»Nein«, beharrte Harald. »Es ist mehr. Die wissen etwas und wollen's nicht wissen. Wenn du mich fragst, haben sie Angst.«
»Wovor?«
»Was weiß ich. Nicht nur unsere Familie. Alle.«
Nicht unsere Familie, dachte Dieda. Deine Familie. Wenn Papa wenigstens schreiben würde. Und Opapa. Plötzlich hatte sie den Verdacht, dass die Frau die Briefe zurückhielt. Diedas Briefe. Hunger und Durst hatte sie nach Papas und Opapas Briefen. Der Alte verlangte, dass sie auch ihm ihre Briefe an Papa und die Großeltern vorlegte, bevor er eine Marke mit diesem Hitler draufklebte. Ehrfürchtig streckte er seine blöde dicke Zunge heraus, wenn er die Marke ableckte. Was sie Papa wirklich sagen wollte, schrieb sie ohnehin nur in den Schnee im Winter und ins Wasser im Sommer mit einem Zweig, der von der Birke gefallen war. Papa liebte die Birke. Papa liebte sie. Aber er schrieb nicht. Hatte er sie nicht mehr lieb, jetzt, wo er die Frau geheiratet

hatte? Oder war er verletzt? War er...

»Was ist?«, fragte Harald.

»Nix ist. Was soll schon sein?«

Ein furchtbarer Gedanke nistete sich in ihrem Hirn ein. Was, wenn sie mit ihrem Traum die Bombe auf das Haus gezogen hatte? Wenn sie wirklich ein Hexenkind war, wie der Alte sagte?

Papa, das wollte ich nicht! Wirklich nicht.

Doch es half nicht zu sagen *Das wollte ich nicht*. Davon wurde Mama nicht wieder lebendig. Davon wurde das Haus nicht wieder heil. Davon änderte sich gar nichts. Was liegt, das pickt, riefen alle Kinder, wenn man bei einem Spiel einen Zug verändern wollte. Was liegt, das pickt. Was geschehen ist, ist geschehen, da kannst du jammern, so viel du willst.

Tommy fiel hin und fing an zu heulen. Sein Knie war gespickt mit Fichtennadeln und blutete stark. Dieda setzte sich auf einen Baumstumpf, nahm Tommy zwischen ihre Beine und pflückte behutsam eine Nadel nach der anderen von seiner Haut. Wenn sie zu nahe an die Wundränder kam, zuckte er, aber er hatte aufgehört zu weinen und sah sehr interessiert zu. Als sie fertig war, schmiegte er sich an sie. Weich und warm war er, bis auf seinen runden Schädel, der drückte hart gegen ihre Brust, doch das war nicht unangenehm.

Bevor sie heimgingen, kletterten sie zum Bächlein hinunter. Dieda säuberte die Wunde mit Huflattichblättern, die sie ins Wasser tauchte, Tommy hielt still, verlangte aber einen Verband zur Belohnung. Sie legte Huflattichblätter auf und band sie mit langen Grashalmen fest. Tommy strahlte. Als Harald und Dieda ihre Hände zu einem Sitz für ihn verschränkten und ihn heimtrugen, strahlte er noch mehr.

Natürlich gab es Vorwürfe vom Alten und von den Frauen. Tommys Mutter betupfte die Wunde mit Jod, er biss heldenhaft die Zähne zusammen. Als sie ihm danach einen Kuss gab, begann er zu schreien, wie er noch nie geschrien hatte. »Geh weg! Geh weg! Nicht verhexen!«

Dieda biss sich auf die Lippen. Er hatte bestimmt das eine große Auge zwischen ihren Brauen gesehen und hielt jetzt seine Mutter für eine Hexe.

Tommys Mutter schüttelte Dieda, dann Harald. »Was habt ihr dem armen Kleinen wieder eingeredet?«

»Gar nichts«, sagten beide im Chor.

Der Alte glaubte ihnen natürlich nicht, er schickte sie zur Strafe in die Waschküche, sie mussten die Spinnweben von den Wänden kehren, den Boden sauber machen und den Trog mit Sand ausschrubben. Eine dicke Spinne lief Harald über die Hand. »Mit dir hat man nichts als Ärger«, schimpfte er.

»Dann lass mich doch in Ruhe«, schnappte sie zurück. »Was kann ich dafür, wenn du mir nachrennst?«

»Nie wieder geh ich mit dir«, sagte er.

»Ist gut.« Sie gab ihm einen leichten Schlag auf die Brust. «Dann hau doch ab.«

Er fegte mit dem Reisigbesen Kiesel, Blätter und Schnecken

über die Türschwelle. »Mach ich, mach ich.« Sie fingen gleichzeitig an zu lachen.

Auf dem Weg zur Schule rannten sie an dem rauchgeschwärzten Trümmerhaufen vorbei, auf dem Rückweg blieben sie jedes Mal stehen. Sie balancierten über angekohlte Balken, sie stocherten im Schutt. Irgendetwas fanden sie immer: einen Knopf, geschmolzene Glasbrocken, Büroklammern, Scherben von Tassen mit Goldrand, ein Buch, das sich nicht mehr aufblättern ließ, weil die Seiten angesengt und zusammengeklebt waren. In dem Buch standen gewiss Antworten. Leider konnte man sie nicht lesen.

Harald und Dieda suchten weiter, auch als der Regen die Asche zu einem Brei verrührt und mit den Trümmern verschmiert hatte.

Eines Tages waren die Balken verschwunden, auf dem nackten Boden lagen Häufchen von Sägespänen. Da hatte jemand dringend Holz gebraucht und mindestens die halbe Nacht lang gesägt.

»Jetzt tun ihr die Arme weh, aber der Holzstoß in ihrem Schuppen ist ziemlich hoch«, sagte Dieda.

»Woher weißt du, dass es eine Sie ist?«

»Weiß ich eben.«

Während sie noch mit langen Ästen im Schutt stocherten, kam Gretel angeschlichen, so leise, dass sie es erst bemerkten, als sie ihnen von hinten die Hände auf die Schultern legte.

»Eins, zwei, drei - abgepasst!«

Gretel war die Tochter der Hausmeisterin von nebenan. Sie hatte schwarze Zöpfe mit Locken an den Enden. Sie hatte Grübchen in den Wangen, auch wenn sie nicht lachte. Sie hatte riesig große Augen, so dunkel, dass man die Pupillen nur sehen konnte, wenn sie ins Licht schaute. Früher, als Mama, Opapa und Omi mit ihr die Sommer hier verbrachten und Papa mindestens jede zweite Woche zu Besuch kam, hatte Dieda nachmittagelang mit Gretel auf dem Dachboden des Nachbarhauses Theater gespielt. Da gab es eine Kiste mit alten Kleidern, zerschlissenen Vorhängen, krempenlosen Hüten und kopflosen Krempen, sogar ein rotes Samttischtuch mit abgewetzten Stellen. Oma hatte oft mit Gretels Mutter Kaffee getrunken. Plötzlich füllte Kaffeeduft Diedas Nase, obwohl es doch ewig lange her war, seit sie Kaffee gerochen hatte. Aber dann hatte Papa die Frau ins Haus gebracht und kurz darauf waren auch der Alte und seine anderen Töchter gekommen. Die Frau, die am ersten Tag gesagt hatte: »Mit fünf Jahren bist du viel zu groß, um auf dem Schoß deines Vaters zu sitzen. Nimm dir einen Stuhl.« Die Frau, die nicht erlaubte, dass sie öfter als einmal in der Woche Opapa und Omi besuchte. Die Frau, die eines Tages mit ihr zum Bahnhof gefahren war, wo der Alte und seine Töchter mit Harald und Tommy warteten. Papa hatte sie in den Zug gehoben. Wie klein er auf dem Bahnsteig gestanden war, als er ihnen nachwinkte. Dieda hatte getobt und geschrien und mit den Füßen um sich geschlagen. »Ich sag's meinem

Papa!«, hatte sie gebrüllt, bis ihr der Alte etwas Kaltes ins Gesicht klatschte und die Frau sagte, sie führen doch nur in das Haus in den Bergen, weil in Wien die Bomben fielen, und sie müsse ein vernünftiges großes Mädchen sein, sie wolle doch ihrem Papa keinen Kummer machen. Aber er durfte ihr Kummer machen, er schon.

Dieda hatte versucht, die Waggontür zu öffnen, aber der Riegel war zu schwer gewesen und der Alte hatte sie geschüttelt und ihr die erste Ohrfeige gegeben und viele böse Wörter gesagt. Sie hatte versucht, den Atem anzuhalten. Recht geschähe ihnen allen, wenn sie zerplatzte wie ein Luftballon, und dann würden sie alle angespritzt von dem Dreck, der in einem drin war. Blut und Eiter und Scheiße. Das durfte man nicht sagen, obwohl es doch wahr war.

Alles war anders gewesen als früher, wenn sie mit Mama und Papa und Opapa und Omi in Bad Aussee angekommen war und sich auf ihr Häuschen gefreut hatte, auf den langen Sommer. Zwar stand Herr Tasch vor dem Bahnhof mit seinem Fiaker und dem Braunen mit der schwarzen Mähne, aber er lachte nicht und hob sie nicht auf und schwenkte sie nicht herum. Er schaute sie mitleidig an. Mit dem Alten und den Frauen redete er nicht, er erzählte nicht wie früher, was es Neues gab im Dorf. Gretels Mutter hatte die Fenster geöffnet und in der Küche Feuer gemacht. Sie nahm Dieda in die Arme, drückte sie an ihren weichen Busen und ihren warmen, schwabbeligen Bauch, strich ihr über den Kopf, putzte sich geräuschvoll die Nase.

»Aber Frau Fischer«, hatte der Alte gesagt und seine Stimme war sehr streng gewesen, »ich habe mit Ihnen zu reden, Frau Fischer.« Dieda hatte er mit ihrer Tasche hinaufgeschickt. Natürlich war sie vor der Tür stehen geblieben und hatte gelauscht. Ein Horcher an der Wand hört seine eig'ne Schand.

Das Mädchen sei schwierig genug, hatte er gesagt, und er wünsche nicht, dass man ein Aufheben um sie mache. Es sei durchaus nicht zweckdienlich, mit dem Kind über den Tod seiner Mutter zu sprechen, was es brauche, sei eine feste Hand; Zucht und Ordnung müsse es lernen, in Zeiten wie diesen sei Wehleidigkeit nicht angebracht.

Dieda wunderte sich wieder einmal, wie genau sie sich jedes Wort des Alten gemerkt hatte, obwohl sie ihn doch nicht leiden konnte. So vieles von dem, was ihr Opapa gesagt hatte, hatte sie vergessen. Wenn sie versuchte, sich zu erinnern, hatten die Sätze Löcher wie alte Strümpfe, große Löcher und kleine. Noch schlimmer war es, wenn sie an ihre Mama denken wollte. Da schob sich eine dicke Nebelwand zwischen sie und die Erinnerung. Die Fotos von Mama hatte die Frau weggeräumt. Auch von Papa war kein einziges Bild auf der Anrichte. Der Alte mit steifem Kragen neben seiner Frau im Brautkleid, die Frau mit ihren Schwestern, die Schwestern mit ihren Männern in Uniform, die Kinder der Schwestern. Man sah ihnen an, wie wichtig sie waren. Sogar Tommy sah wichtig drein auf dem Arm seines Vaters. Alle waren da, nur Diedas Menschen fehlten.

»Schläfst du? Ich hab dich was gefragt!« Gretel stupste mit dem Zeigefinger an Diedas Stirn.
Was hatte sie gefragt? Es war so schön, dass sie dastand und nicht mehr tat, als wäre Dieda Luft für sie. »Ich weiß nicht«, sagte Dieda.
Gretel schüttelte den Kopf. »Früher warst du nicht so blöd. Da warst du sogar ziemlich hell für dein Alter. Meine Mama sagt, du kannst nichts dafür.« Gretel war ein Jahr älter als Dieda, eigentlich sogar 17 Monate, sie ging schon in die zweite Klasse. Sie wusste unwahrscheinlich viel. Wenn Dieda ausnahmsweise einmal nicht glaubte, was sie ihr erzählt hatte, erklärte Gretel: »Aber ich hab meine Mama schon hinten und vorne nackt gesehen.« Dann sagte Dieda nichts mehr.
Dieda holte den Knopf aus ihrer Tasche, den goldenen, rieb ihn noch einmal an ihrem Rock, bis er glänzte, und reichte ihn Gretel. Harald verzog das Gesicht. Für diesen Knopf hatte er Dieda sein Taschenmesser geboten, und nun verschenkte sie ihn einfach. Gretel steckte ihn ein, ohne ein Wort zu sagen, aber Dieda war sicher, dass sie sich freute. Sie schlenkerte mit den Armen, hüpfte von einem Bein aufs andere.
»Musst du aufs Klo?«, fragte Gretel.
Dieda schüttelte den Kopf. Tief in ihr drinnen war ein kullerndes Lachen und gleichzeitig spürte sie, wie die Tränen an ihre Augen drückten. Sie blinzelte.
Auf dem Heimweg rannten sie, Diedas Fuß tat erst wieder weh, als sie die drei Stufen zum Haus hinaufging. »Habe

ich dich wieder mit dieser Gretel gesehen?«, fragte die Frau. »Du weißt doch, warum ich dir verboten habe, mit ihr zu verkehren.«
Und ob sie das wusste. Das Gesicht der Frau, als sie die Mädchen erwischt hatte, wie sie mit Tommy Doktor spielten. Eigentlich hatten sie nur genau geschaut, was ihnen Tommy voller Stolz präsentierte. Die Frau war rot angelaufen, hatte Tommy gepackt, ihm die kurze Hose hinaufgezogen, er hatte geheult, seine Mutter war angerannt gekommen und hatte ihn ins Haus geschleppt. »Was habt ihr euch eigentlich gedacht?», hatte die Frau gefragt, aber gleich weitergeredet, wie schändlich es sei, ein unschuldiges Kind zu verführen, wie verderbt sie seien, wie schlecht. Sie schickte Dieda in die Küche Kartoffeln schälen, diese angefaulten, stinkenden Kartoffeln mit den weißlich grünen toten Fühlern, die sich so widerlich feucht an die Hand schmiegten. Die Frau aber schob Gretel vor sich her ins Nachbarhaus. Als sie zurückkam, hörte Dieda sie im Vorhaus reden mit einer scharfen, spitzen Stimme voll Ekel und Empörung. Diese, diese... Person habe doch tatsächlich gesagt, das sei kein Grund sich so aufzuregen, alle Kinder machten das irgendwann, und zuletzt habe sie sogar die Unverfrorenheit gehabt zu sagen, sie tue ihr Leid, aber das arme Kind tue ihr noch mehr Leid. Dieda hatte nicht verstanden, was die Schwester der Frau antwortete, sie sprachen dann ziemlich leise, gingen hinaus in den Garten. »Ich verbiete dir jeden weiteren Umgang mit diesen Proleten«, hatte die Frau gesagt, als sie in die Küche

zurück kam. »Hast du verstanden?«

»Ja«, sagte Dieda.

Am nächsten Tag war Gretel mitgekommen, als Dieda Milch holen ging, sie hatten über alles Mögliche geredet, nur nicht darüber, was gestern passiert war, sie hatten gelacht, bis sie sich am Wegrand hinhocken und pinkeln mussten. Gretel hatte Dieda nicht bis zum Gartentor begleitet, sie war gleich in ihr Haus gelaufen, dennoch wusste die Frau, dass Dieda Gretel getroffen hatte. Anscheinend wusste sie alles. Unheimlich war das. «Wie soll ich dir je wieder vertrauen, wenn du dein Versprechen nicht einmal einen Tag lang halten kannst?«

Aber sie hatte doch nichts versprochen, sie hatte nur Ja gesagt. Ja, sie hatte verstanden. Aber Dieda wusste schon, dass es besser war, das jetzt nicht laut zu sagen. Sie senkte den Kopf.

Seither war ihr Gretel ausgewichen. Nicht einmal in der Schule, wenn sie sich zufällig auf dem Gang trafen oder im Vorraum zur Mädchentoilette, hatte sie ihr auch nur einen einzigen Blick geschenkt. Als wäre Dieda Luft für sie. Weniger als Luft. Mit der Zeit hatte sich Dieda daran gewöhnt. Erst jetzt merkte sie, wie sehr ihr Gretel gefehlt hatte. Sie hätte gern gewusst, was Gretel plötzlich dazu gebracht hatte, auf sie zuzugehen. Aber auch das war nicht wichtig. Wichtig war, dass sie es getan hatte. Die Frau war anscheinend zufrieden damit, dass Dieda mit hängenden Armen dastand und auf ihre Füße starrte. Sie wusste doch nicht alles. Sie wusste nicht, dass Dieda dachte: Ich lasse

mir meine Freundin nicht nehmen. Ich lasse mir meine Freundin nicht nehmen. Jetzt hatte sie zwei Sätze, an denen sie sich festhalten würde.
Der Alte kam und schickte Dieda hinaus. Manchmal war sogar der Alte nützlich.
Es lag etwas in der Luft wie der Ruß auf den Trümmern des ehemaligen Hotels. Die Frauen hatten graue Gesichter, sie sprachen wenig, sie gingen mit schwereren Schritten, sie sangen nicht mehr in der Küche; wenn sie auf der Terrasse Tee tranken, lachten sie nicht laut wie sonst, starrten vor sich hin. Sie bemerkten es nicht immer, wenn Tommy mit dreckigen Händen zum Essen kam. Sie waren anders und fremd. Einerseits war das ganz angenehm, sie mischten sich nicht ständig ein, riefen nicht dauernd nach den Kindern. Andererseits kam es Dieda vor, als wären links und rechts und oben und unten vertauscht, man konnte nie wissen, ob man in die falsche Richtung ging, plötzlich schrie dann eine und man hatte sofort zu kommen. Verwirrend war die Welt geworden, manchmal wunderte sich Dieda, dass die Bäume an ihren alten Plätzen standen und der Berg seine Felsnase behalten hatte.
Harald fischte mit dem Löffel zwei tote Würmer aus seiner Erbsensuppe, schnippte sie zwischen Daumen und Zeigefinger aufs Tischtuch. Niemand sagte etwas, auch nicht, als Tommy auf seinen Löffel blies und Suppe in alle Richtungen sprühte.
Dieda füllte unaufgefordert die Holzlade unter dem Herd, trug den Korb zurück in den Schuppen. Am

Küchenfenster war keine der Frauen zu sehen, auch nicht im Garten. Dieda drückte sich an der Wand des Schuppens entlang, kletterte über die Steine am Flussufer bis zur Brücke und über die Böschung auf die Straße. Der Drahtzaun zwischen Nachbargarten und Flussufer machte es notwendig, diesen komplizierten Weg zu gehen. Es wäre zu gefährlich gewesen, einfach zum Gartentor zu laufen, wenn hinter jedem Fenster eine der Frauen stehen konnte.

Das Tor zum Nachbargarten war versperrt. Nie zuvor war dieses Tor versperrt gewesen.

»Gretel!«

Keine Antwort. Dieda traute sich nicht, allzu laut zu schreien, am Ende hörte sie die Frau oder eine von ihren Schwestern. Sie hob ein Steinchen auf, zielte, verfehlte Frau Fischers Küchenfenster. Auch das zweite und dritte trafen nicht.

»Gretel!«

Dieda war sicher, einen Schatten hinter dem Küchenfenster gesehen zu haben, der sofort verschwand, einen Schatten, der viel zu groß war für Frau Fischer. Sie wartete.

Eine Fliege setzte sich auf den Schorf an ihrem Knie. Dieda hielt ganz still. Wenn sie das Kitzeln aushielt, wenn sie ihren Ekel schluckte, dann würde Gretel kommen.

Da rief der Alte nach ihr. Wenn sie nicht sofort kam, würde er womöglich auf die Straße treten und sie hier sehen. Sie rannte zur Brücke, rutschte mehrmals auf den Steinen aus, kletterte über die Böschung. Kurz bevor sie den Alten erreichte, räusperte sie sich. Er fuhr herum. »Wo warst du?«

»Ich hab geschaut, ob ich Forellen kitzeln kann.«

Er schnaubte verächtlich.

Warum sollte sie nicht schaffen, was alle Dorfbuben konnten? Sie hockten auf den großen Steinen im Fluss, ließen eine Hand ins Wasser baumeln und bewegten die Finger hin und her. Irgendwann wurden die Forellen neugierig und versuchten, nach den Fingern zu schnappen. Dann packten die Buben zu. Einmal hatte Dieda eine Forelle berührt, aber ihre Hand war zurückgezuckt. Ein komisches Gefühl war das gewesen.

»Das ist nichts für Mädchen«, sagte der Alte streng. Sie blickte ihm ins Gesicht, direkt zwischen die Augen. Nach einer Ewigkeit wandte er sich ab. Sie hatte gewonnen.

»Es ist ein Paket von der Post abzuholen», sagte der Alte.

Harald wartete schon mit dem Leiterwagen vor dem Schuppen. »Ich hab dich überall gesucht!«

»Nur nicht am richtigen Platz«, schnappte sie.

Der Leiterwagen eierte und ratterte auf der Straße. Sie zogen abwechselnd, nach kurzer Zeit schmerzten ihre Arme.

»Lassen wir das blöde Ding da«, sagte Dieda. »Der ist doch schon leer kaum zu ziehen. Tragen kann auch nicht ärger sein.«

»Und wenn er gestohlen wird?«, fragte Harald.

»Wer soll den schon stehlen?«, fragte Dieda zurück. Sie schoben den Leiterwagen ins Gebüsch neben der

Straße, rannten ein Stück, schlenderten dann. Auf dem Felsen schüttelte der Wind die Knospen der ersten Glockenblumen.

Opapa liebte diese zarten, leuchtend blauen Glockenblumen. Nie hatte er erlaubt, dass Dieda sie pflückte. Nimm sie in den Augen mit, sagte er immer. Opapa. Ihr Opapa.

Vor dem Postamt standen drei Männer in Uniform auf Krücken gestützt. Einem hing der Jackenärmel leer von der Schulter, die anderen hatten beide das rechte Hosenbein hochgeschlagen, der eine knapp unterm Knie, der andere höher oben, der hatte eine hässliche breite, dunkelrote Narbe quer über der Stirn. Es kam Dieda seltsam vor, wie sie dastanden, sich unterhielten und lachten.

Harald stieß sie in die Seite und ging vor ihr die Stufen hinauf. Während die Beamtin das Paket holen ging, flüsterte er: »Du kannst die doch nicht so anstarren!«

»Hab ich nicht.«

»Hast du doch.«

Das Paket war von Papa, groß und schwer. Die Beamtin lächelte Dieda an. »Mein Gott«, sagte sie, »wie ähnlich du deiner Mama siehst. Erinnerst du dich noch an sie?«

Dieda nickte. Viele Leute im Dorf sagten das, und sie musste jedes Mal schlucken und die Augen zukneifen.

Die Beamtin griff in die Tasche ihres Arbeitsmantels und reichte Dieda ein Hustenbonbon, rosa Eibisch. »Danke«, presste sie heraus.

Sie mochte den Geruch von Eibisch nicht, aber das Bonbon war wie ein Gruß aus einer anderen Zeit.

Vor dem Postamt waren die Kirtagsstandeln aufgereiht gewesen. Sonnenschirme aus Papier mit bunten Fransen waren daran gehangen, es hatte Pfeifen gegeben, aus denen sich beim Hineinblasen Papierschlangen entrollten, rosarote Zuckerwatte, die einem das Gesicht verklebte, Ringe mit roten, grünen und blauen Glassteinen, sogar Puppen und Teddybären. Mama hatte ihr eine Puppe gekauft, eine Puppe aus Zelluloid mit Schlafaugen. Die Puppe trug ein Dirndl mit lila Schürze und grünem Leibchen, genau so eines, wie ihre Mama anhatte und Dieda auch. Damals hatte sie noch nicht Dieda geheißen, da hatte sie noch den Namen getragen, mit dem Mama sie gerufen hatte, Papa und Opapa und überhaupt alle Leute. Im Zug hatte sie gehört, wie der Alte sagte: »Die da wird uns nichts als Ärger machen.» Damals hatte sie beschlossen, sich Dieda zu nennen, sie hatte einfach nicht geantwortet, wenn man sie mit ihrem alten Namen ansprach, bis die Erwachsenen nachgegeben hatten. Harald und Tommy hatten sie immer nur als Dieda gekannt. Die wussten gar nicht, wer sie wirklich war. Wie zärtlich es klang, wenn Opapa ihren Namen sagte. Es tat weh, daran zu denken, es tat auch weh, an die Puppe zu denken, die sie in Wien hatte lassen müssen. Liesel hieß die Puppe, wie Mama. Mama hatte ein Jäckchen für die Puppe gestrickt, das war an dem Abend fertig geworden, bevor sie ins Krankenhaus ging.

»Schläfst du?«, fragte Harald. »Wir müssen heim.«

Die Männer standen immer noch da, aber jetzt redeten sie nicht und lachten nicht, sie sahen einander auch nicht an, starrten auf einen Punkt, der irgendwo hinter den Köpfen der anderen lag.

Das Paket war schwer, vor allem aber unhandlich, schon nach ein paar Schritten schnitt die Schnur in die Hände. Sie beschlossen, es abwechselnd zu tragen. Harald bat sie, es auf seinen Kopf zu heben, für kurze Zeit fand er das ganz angenehm, dann wurden seine Arme müde und sie übernahm das Paket.

»Du gehst wie eine Eingeborene«, stellte er fest.

Eingeboren. Wohinein geboren? Eigentlich wurde man doch herausgeboren, oder? Dein eingeborener Sohn, beteten sie im Rosenkranz. Da war so ein Gemurmel, darin konnte man schaukeln, und die Lichter rund um den Hochaltar machten runde Münder und sangen mit. In Wien war sie mit ihrer Freundin aus dem zweiten Stock in die Maiandacht gegangen. *Maria Himmelskönigin* hatten sie gesungen und *Himmlische Königin, reinste Jungfrau*, und die Lilien und der Flieder am Altar hatten so süß geduftet, dass ihr schwindlig wurde. Eingeborener Sohn. Gab es auch eingeborene Töchter?

»Redest du nicht mehr mit mir?«, fragte er.

»Ich hab nachgedacht.«

Als sie die Stelle erreichten, wo sie den Leiterwagen versteckt hatten, fanden sie nur mehr die Abdrücke der Räder im Gras. Mit gesenkten Köpfen trotteten sie nach Hause. Der Alte stand drohend vor ihnen. »Wo ist der Leiterwagen?« Natürlich gab es ein Verhör. Wer von ihnen auf die Idee gekommen sei, verantwortungslos den Wagen stehen zu lassen? Ob sie denn nicht wüssten, dass in diesen Zeiten alles gestohlen würde? Sie sollten selbst darüber nachdenken, welche Strafe angemessen war.

Harald sagte nicht, dass es Diedas Vorschlag gewesen war, auch nicht, als der Alte ihm das in den Mund legte. Da konnte man sich auf Harald verlassen.

Die Frau löste sorgsam Knoten für Knoten, Schnur war kostbar und durfte nicht mutwillig zerschnitten werden. Sie glättete das Packpapier, faltete es. Dann erst öffnete sie den Karton. Dieda sah den Brief, der obenauf lag und ihren Namen trug, den anderen von früher, und griff danach.

»Nein«, sagte der Alte. »Das hast du wahrlich nicht verdient.«

»Das ist mein Brief!«, schrie Dieda.

»Wenn du dich nicht beherrschen kannst, bekommst du ihn gar nicht«, sagte er und steckte den Brief in seine Tasche.

Dieda ballte die Fäuste, biss sich auf die Lippen. Umbringen möchte ich ihn. Umbringen möchte ich ihn. Dieb. Ekelhafter, widerlicher Dieb. Warte nur.

»Wenn du dich benimmst, kannst du ihn morgen haben«, entschied der Alte. Er hob eine Dose Biomalz aus dem Karton, öffnete sie, nahm einen Löffel aus der Lade, stieß ihn in die goldgelbe honigartige Masse, drehte ihn, bis kein Tropfen mehr abfiel, dann sagte er zu Tommy:

»Mund auf, Augen zu!«
Tommy sperrte den Mund weit auf, schloss die Augen. Sobald der Alte den Löffel zurückgezogen hatte, schickte Tommy triumphierende Blicke zu Harald und Dieda, leckte seine Lippen, rieb sich den Bauch. »Guuuut.«
»Ist ja auch von meinem Papa«, sagte Dieda. Mein Papa hat es für mich geschickt und du frisst es.
Die Frau wollte Feuer machen, in der Lade waren keine Späne mehr. Dieda ging freiwillig in den Schuppen. Ein Fenster blickte hinüber zum Nachbarhaus. Sie stand lange davor, sah niemanden, aber es stieg Rauch aus dem Schornstein. Frau Fischer kochte das Abendessen. Vielleicht gab es Grießschmarren mit Preiselbeerkompott. Wie oft hatte Frau Fischer einen dritten Löffel auf den Tisch gelegt und Dieda aufgefordert mitzuessen. Gestern hatte Dieda gedacht, Gretel wäre wieder ihre Freundin. Heute hatte sie die Tür versperrt.
Hier im Schuppen hätte Dieda weinen können. Ihre Augen brannten, aber es kamen keine Tränen.
»Auch gut«, sagte sie laut und ging zur Holzkiste. Dahinter stand der Leiterwagen! Der Alte musste ihn zufällig entdeckt haben, dieser... dieser...
Dieda wusste kein Schimpfwort, das böse genug war. Den Leiterwagen hatte er versteckt, um ihr und Harald ein schlechtes Gewissen zu machen. Hatte versucht, Harald dazu zu bringen, dass er sie verriet. Hatte ihren Brief gestohlen.
Sie trommelte mit beiden Fäusten gegen die Wand, bis

ihre Hände schmerzten.
Irgendwann würde sie es ihm zeigen.
Sie füllte den Korb mit Spänen. Die Frau wartete schon lange. Als sie aus dem Schuppen trat, sah sie den Alten herankommen mit seinem Kriegsschritt. Er war noch zehn Schritte oder zwölf von ihr entfernt, da landete ein Tannenzapfen auf seinem Kopf und Dieda sah ein Eichhörnchen in den nächsten Baum springen.
Dieda fing an zu lachen, das Lachen schüttelte sie, sie konnte einfach nicht aufhören, lachte immer noch, als der Alte sie grob packte und vor sich her ins Haus schob. Sie stellte der Frau den Korb vor die Füße.
»Danke«, sagte die Frau.
Der Alte fuhr sie an, diesem Ausbund an Schlechtigkeit habe sie nicht zu danken. Er erzählte, was geschehen war, die Frau tupfte Jod auf die Platzwunde an seiner Stirn und Dieda bemerkte voll Freude, wie der Alte zurückzuckte.
Nach dem Abendessen bekamen Harald und Tommy wieder einen Löffel Biomalz. Der Alte schaute Dieda an, während er den langen klebrigen Faden um den Löffel drehte. Sie starrte auf seine Nasenwurzel, es gelang ihr, kein einziges Mal zu blinzeln. Ein Tropfen Biomalz fiel auf das Tischtuch. Dieda streckte die Hand aus, tupfte einen Finger in den Tropfen, schleckte daran, als längst kein Geschmack mehr da war. Aus dem Augenwinkel sah sie, wie der Alte die Stirn runzelte. Er stand auf, schob seinen Stuhl so heftig zurück, dass er umfiel.
»Ich will meinen Brief«, sagte Dieda.

Er drehte sich in der Tür um. »Wenn du nicht einmal ordentlich darum bitten kannst, werde ich diesen Brief wohl in den Ofen stecken müssen.«

»Wenn Blicke töten könnten«, sagten die Leute. Resi hatte behauptet, dass Blicke sehr wohl töten können, die Schwester ihrer Taufpatin sei so ums Leben gekommen, da könne sie jeden in ihrem Dorf fragen, auch den Doktor und den Herrn Kaplan. So oft hatte Resi Dieda versprochen, sie einmal mitzunehmen.

Zwei Kühe gab es auf dem Hof, ein Pferd, Hühner, einen alten Hund, der noch nie jemanden gebissen hatte, drei Katzen, eine davon rothaarig wie Dieda... Die Brote wurden über den ganzen Zwei-Kilo-Laib geschnitten, die Butter wurde nicht abgekratzt, behauptete Resi, und darüber kam noch Honig. Ihr Vater hatte sechs Bienenvölker. Eigentlich war er also ein König, ein Bienenkönig. Resi hatte ihren Koffer gepackt, aber sie war nicht mit auf den Bahnhof gekommen. Sie hatte Dieda an sich gedrückt und geweint, als sie ihr den Mantel zugeknöpft hatte. War sie heimgefahren auf den Hof ihrer Eltern? Resi war oft ekelhaft gewesen, aber jetzt vermisste Dieda sie. Wenn sie den Parkettboden mit Bienenwachs eingelassen hatte, hatte sie zwei Bürsten an ihre Füße geschnallt und war durch die Wohnung getanzt. Gesungen hatte sie dabei, und manchmal hatte sie Dieda auf ein weiches Tuch gestellt und hatte sie mitgezogen und herumgewirbelt, bis sich das Zimmer mit allen Möbeln drin um Dieda drehte. Und jetzt war sie weg.

Blicke können töten, hatte sie gesagt.
Na gut, dachte Dieda.
Sooft der Alte aus der Küche oder aus dem Zimmer ging, sooft sie ihm im Garten begegnete, blickte sie unverwandt immer auf dieselbe Stelle in seinem Nacken, genau in der Mitte zwischen den beiden Querfalten. Ich hasse dich, sagte sie lautlos, ich hasse dich. Sie hörte auch nicht auf, als er ihr den Brief endlich gegeben hatte. Der Brief war aufgeschnitten! Der Alte hatte ihn gelesen, ihren Brief mit seinen ekelhaften Händen befingert.

Mein lieber Schatz, sei froh, dass du nicht hier sein musst. Es ist jetzt nicht schön in Wien. Sei brav und mache Mutti keine unnötigen Sorgen, sie hat es schwer genug. Ich verlasse mich auf dich, du bist ja mein Gescheiterl. Ein Herzensbusserl schickt dir dein Papa.

Sie hatte gedacht, er würde sie holen kommen. Hatte gedacht, er würde verstehen, was sie nicht schreiben durfte. Er brauchte sie nicht. Niemand brauchte sie. Nicht einmal ihr Opapa, wann hatte sie den letzten Brief von ihm bekommen? Vor langer, langer Zeit. Mache Mutti keine Sorgen. Mutti schrieb Papa. Nein, das war nicht ihre Mutti, schon gar nicht ihre Mama. Das war die Frau. Ein Herzensbusserl schickte er. Aber vor allem sagte er: Sei brav! Sie wollte nicht brav sein. Jetzt wirklich nicht mehr. Was blieb ihr? Nichts. Gar nichts. Nur der Hass gegen den Alten. Ihre ganze Verlassenheit mündete in den Hass gegen den Alten. Nach drei Tagen sah sie einen roten Punkt an der Stelle zwischen den Querfalten an seinem Nacken. Sonst war sie ihm ausgewichen, jetzt lief sie ihm nach, sooft sie konnte, ohne Aufsehen zu erregen. Der rote Punkt wurde größer. Die Haut ringsum glänzte.

An dieser Stelle trat ihr Hass ein.

Es tat Dieda überhaupt nicht weh, wenn die Buben einen großen Löffel Biomalz bekamen und sie nicht. Es tat nicht weh, wenn sie einen großen Schöpfer Kartoffelsuppe bekamen mit vielen Stückchen drin und sie nur einen kleinen wässrigen. Ihr Magen knurrte. Sie schlug mit der Faust dagegen.

Sie sperrte sich im Bad ein und betrachtete ihr Gesicht im Spiegel. So also sah eine Mörderin aus.

Eigentlich war sie schon lange eine Mörderin. Aber den ersten Mord hatte sie nicht gewollt. Wie hätte sie wissen sollen, dass das Ding in Mamas Kopf platzen würde? Sie hatte doch nicht absichtlich Lärm gemacht, wirklich nicht! Bitte sei leise. Mama hat Kopfschmerzen. Sie hatte sich bemüht, leise zu sein. Dass der Ball, den sie gegen die Wand warf, ein Gewitter in Mamas Kopf auslöste, hatte sie nicht gewusst. Sie hatte gar nicht gehört, dass er wummerte und donnerte. Nicht, dass ihr jemand Vorwürfe gemacht hätte. Sie schimpften alle über jede Kleinigkeit, aber darüber redeten sie nicht. Ein einziges Mal hatte sie versucht, mit Papa darüber zu sprechen, er hatte sie mit einem traurigen Lächeln in den Arm genommen und gesagt: »Wenn wir das wüssten… «.

Natürlich wusste er. Er wusste doch alles. Über kranke Menschen und über früher und ganz viele Dinge. Nur über Töchter wusste er nicht so viel. Wahrscheinlich weil Töchter nicht so wichtig waren.
Mama war erst achtundzwanzig Jahre alt gewesen. Mama war lieb gewesen. Um sie hatten alle geweint, alle hatten gesagt, was für ein guter Mensch sie war. Der Alte war achtzig oder noch mehr und er war gemein. Um ihn würden höchstens seine Töchter weinen. Sollten sie nur weinen.
Nein, sagte Dieda zu ihrem Spiegelbild. Es tut mir überhaupt nicht Leid. Und ich gebe nicht auf!
Jemand hämmerte an die Tür. Dieda zog die Spülung. Draußen stand Haralds Mutter. »Was treibst du immer da drinnen?«, fragte sie.
Dieda zuckte mit den Schultern und lief zum Flussufer. Sie setzte sich auf einen Stein, starrte in den Strudel am Fuß des nächsten Felsens. Das Wasser schäumte weiß auf, in der Mitte des Trichters schimmerte es dunkelgrün.
Ein Kiesel fiel neben Dieda in den Fluss, ein paar Tropfen spritzten auf ihre Beine. Sie hob den Kopf, sah niemanden, aber dann hörte sie Kichern. Das klang wie Gretel!
Dieda sprang auf, hüpfte von Stein zu Stein im Flussbett, bis sie jenseits des Zaunes über die Böschung hinaufklettern konnte. Gretel hielt die Hände hinter dem Rücken. »Links oder rechts?»
»Links«, sagte Dieda.
Gretel streckte ihr die linke Hand hin, darauf lag eine

Buchtel mit brauner glänzender Oberfläche und flaumigen weißen Seiten. Sie war noch warm; als Dieda hineinbiss, füllte der süße Duft von Erdbeermarmelade ihre Nase. Sie zwang sich, ganz kleine Bissen zu nehmen, um den Genuss so lange wie möglich zu haben. In Gretels rechter Hand wäre ein Randstück gewesen mit zwei braunen Seiten. Schade, das hätte Dieda noch lieber gehabt, aber das verschlang Gretel, leckte anschließend gründlich ihre Finger sauber.

»So gute Buchteln wie meine Mama macht sonst niemand«, erklärte Gretel. Dieda nickte heftig, spürte mit der Zunge dem letzten Brösel nach. Ihr linker Schneidezahn wackelte ein wenig.

Dieda fragte nicht, warum die Tür versperrt gewesen war, obwohl sie es gern getan hätte. Wenn Gretel wollte, würde sie es schon sagen. Wenn sie es geheim halten wollte, sollte sie es eben geheim halten. Dieda hatte auch ein Geheimnis, ein furchtbareres gab es nicht. Irgendwann später würde sie es Gretel vielleicht verraten. So etwas Schreckliches konnte man gewiss nicht für sich behalten, das würde einen von innen her auffressen.

»Du errätst nie, was ich oben gefunden habe.« Gretel lief voraus die knarrende Treppe hinauf.

Der Geruch von Harz, von Staub, von alten Dingen empfing sie. Gretel stieg über die Dachbalken in die hinterste Ecke, wo das Dunkel so dicht war, dass sie sich immer wieder anstießen an dem Gerümpel. Spinnweben kitzelten sie, klebten unangenehm an der Haut und in den

Haaren. Gretel zerrte an dem Gewirr im Winkel, etwas Großes fiel um, donnerte gegen die Balken, etwas wuselte und raschelte davon.

»Mach die Augen zu«, flüsterte Gretel.

Dieda hatte das Gefühl, dass sie hin- und herschwankte, als sie mit geschlossenen Augen dastand. Die Geräusche und Gerüche wurden stärker. Was schleifte Gretel über den Ziegelboden?

»Jetzt darfst du schauen.«

Zuerst sah Dieda nur goldene tanzende Pünktchen, dann schemenhaft eine Figur und mit einem ungeheuren Schrecken erkannte sie ihr eigenes Bild, verzerrt, fleckig. Sie schrie auf.

Gretel legte ihr den Finger auf den Mund. »Das ist ein Zauberspiegel«, flüsterte sie. »Er zeigt die Seele.«

Dieda klammerte sich an einem Balken fest. Sie wollte weglaufen, wollte den Spiegel zerschlagen, wollte... Bitterer Schaum breitete sich in ihrem Mund aus, wurde immer mehr. Gleich würde sie ersticken.

Gretel kreuzte die Arme über der Brust. »Du schaust drein, als hättest du einen Geist gesehen.« Sie packte Dieda am Arm und führte sie die Treppe hinunter.

Diedas Füße waren so schwer, dass sie das Gefühl hatte, sie müsse sie bei jedem Schritt aus einem Morast ziehen.

Hinter dem Schuppen konnte sie endlich ausspucken, gleich darauf krümmte es sie zusammen, sie übergab sich wieder und wieder, bis ihre Kehle brannte, als hätte sie Feuer geschluckt.

»War's so schlimm?«, fragte Gretel.

Dieda hockte sich ins Gras, versuchte tief zu atmen. Gretel legte den Arm um ihre Schulter. »Soll ich dir Wasser holen?« Sie wartete keine Antwort ab, lief davon, kam mit einem Glas zurück.

Kaum hatte sie den ersten Schluck getrunken, reckte es Dieda wieder, es tat nur nicht mehr so weh wie das trockene Erbrechen. Sie füllte den Mund mit Wasser, schluckte eine winzige Menge, wartete, schluckte noch einmal.

»Der Spiegel ist halbblind und voller Flecken«, sagte Gretel leise.

Trotzdem, dachte Dieda. Trotzdem. So hässlich war ihre Seele. Reden konnte sie nicht, sie drückte Gretels Hand.

»Es war jemand da«, sagte Gretel. »Drum konnten wir nicht aufmachen. Verstehst du?«

Dieda nickte, obwohl sie nicht wirklich verstand. Es war gut zu wissen, dass Gretel nicht ihretwegen zugesperrt hatte.

Gretel blickte sich um, flüsterte Dieda ins Ohr: »Bald geht es los.«

Dieda nickte wieder, ohne zu wissen, wovon Gretel sprach.

»Wir sollten Englisch lernen, sagt die Mama. Hau do ju du? Mai nähm is Gretel. Wan, tu, trie, vor, faif, six. Jetzt du!«

»Hau do ju du? Mai nähm is Gretel.«

»Falsch! Du heißt doch nicht Gretel. Das muss man können, wenn die Engländer kommen, oder die Amerikaner.«

Denn wir fahren, denn wir fahren, gegen Engelland, ahoi, hatten die Frauen bei der Arbeit gesungen, abwechselnd mit *Im Sommer, da muss man wandern* und *Lieber Südwind, blas doch schnell.*

»Hast du keine Angst vor ihnen?«, fragte Dieda.

Gretel drehte an ihrem Ohrläppchen. »Die Mama sagt, sie haben genauso zwei Augen und eine Nase und einen Mund wie andere Leute. Sie war ja bei einer englischen Familie in Stellung vor dem Krieg, zwei Sommer lang.«

Wenn Frau Fischer das sagte, stimmte es. Frau Fischer hatte Dieda noch nie angelogen. Wan, tu, trie. Mai nähm is. Vielleicht würde Dieda den Engländern sogar ihren alten Namen sagen.

Harald rief nach ihr. Sie kroch durch das Loch im Zaun. Der Alte hackte Holz. Der Punkt in seinem Nacken war nun ein Fleck, dunkelrot und gefährlich glänzend ragte er hervor. War das wirklich ich?, fragte sich Dieda. Plötzlich drehte sich der Alte um. »Was starrst du mich so an? Trag lieber die Scheiter in die Küche.«

Dieda füllte den Korb mit Brennholz. Ein Schiefer bohrte sich in ihren Zeigefinger. Sie zog ihn mit den Zähnen heraus, ein großer Blutstropfen bildete eine Kuppel auf ihrer Fingerkuppe.

Beim Abendessen griff der Alte immer wieder an seinen Hals.

»Was hast du denn da?«, fragte die Frau.

»Wie soll ich das wissen? Habe ich hinten Augen?«

Seine Töchter umringten ihn. »O weh, das wird ein Fu-

runkel«, sagte eine. »Ich mach dir einen Umschlag mit Schmierseife.«
Der Alte zuckte zurück, als der Lappen den roten Fleck berührte. Trotz der Schmierseife war der Fleck am nächsten Morgen zur Größe eines Hühnereis angeschwollen, mit einem gelben Kegel an der höchsten Stelle.
»Hoffentlich wird das keine Blutvergiftung«, jammerte Tommys Mutter.
»Wollen wir nicht zum Arzt gehen?«, fragte die Frau. »Ich glaube, das gehört geschnitten.«
»Nein, das wollen wir nicht«, sagte der Alte. Er saß sehr steif am Tisch. Wenn er den Arm ausstreckte, um nach einem Stück Brot zu greifen, verzog er das Gesicht. Er wirkte kleiner als sonst. Vielleicht schrumpfte er? Schrumpfte, bis man ihn als Gartenzwerg ins Rosenbeet stellen konnte? Andere Gartenzwerge hatten rote Backen und lachende Gesichter.
Das Mädchen ist gefährlich, hatten sie gesagt. Gefährlich, sehr gefährlich. Dieda verschränkte die Finger ineinander, bis die Knöchel weiß hervortraten. Sie hätte jetzt gerne Triumph gefühlt, aber in ihrem Bauch knoteten sich Schlangen.
Die Angst kam erst mitten in der Nacht, krallte sich um ihre Schläfen, hämmerte gegen ihren Brustkorb. Außerdem musste sie dringend aufs Klo. Sie stand auf, schlich hinaus. Als sie an der Tür des Alten vorbeikam, hörte sie ihn schnarchen. Sie war so erleichtert, dass sie Schluckauf bekam.

Am Morgen saß der Alte zusammengesunken und unrasiert am Küchentisch, die Frau wies Harald und Dieda an, sich zu beeilen, dann dürften sie mit Herrn Tasch mitfahren, der schon am Gartentor wartete. Der Alte murrte, es sei völlig überflüssig, wegen eines Furunkels so ein Theater zu machen, aber er ließ sich von zwei Töchtern hinausführen und in den Fiaker bugsieren. Die Frau brachte zwei Decken und wickelte ihn ein. Harald und Dieda durften am Kutschbock neben Herrn Tasch sitzen, der Dieda zuzwinkerte. Den ganzen Vormittag musste sie darüber nachdenken, was sein Zwinkern bedeutet hatte. Zum ersten Mal bekam sie eine Rüge von der Lehrerin, sie dürfe doch nicht vor sich hin träumen und solle aufpassen. Noch nie war ein Schultag so lang gewesen wie dieser. Sie wollte nach Hause laufen und fürchtete sich davor, was sie dort erfahren würde. Auf dem Heimweg nieselte es. Plötzlich rissen die Wolken auf und eine blasse, unsichtbare Sonne legte Strahlen breit wie Bänder herab auf die Berge. Oben liefen die Strahlen spitz zusammen. Dieda schaute hinauf und blickte direkt in das Dreieck mit dem Auge Gottes aus ihrem Bilderbuch. *Wo ich bin und was ich tu, sieht mir Gott mein Vater zu*, stand darunter. Wo ich bin und was ich tu. Diedas Füße wurden immer schwerer. Sie fror. Harald wurde ungeduldig. »Komm schon. Ich hab Hunger.«
»Du kannst ja vorgehen«, presste sie heraus.
Er sah sie von der Seite an, schüttelte den Kopf, aber er lief nicht vor.

Wo ich bin und was ich tu.

Der Alte saß in der Küche. Die Frauen hatten einen Lehnstuhl für ihn ans Fenster gestellt, er saß da mit einer Decke auf den Knien, die Beine auf einem Küchenhocker. Im Nacken hatte er ein dickes weißes Mullkissen kreuzweise mit Heftpflaster festgehalten. »Wieso kommt ihr so spät?«, herrschte er sie an. Seine Stimme hatte den alten Befehlston. Dieda seufzte erleichtert. Er war wieder groß und stark, sie musste kein Mitleid mit ihm haben, kein schlechtes Gewissen. Er hielt ihren Seufzer für ein Schuldgeständnis und beschloss, Gnade walten zu lassen für diesmal.

Dieda lief aufs Klo. Wo ich bin und was ich tu, tönte es in ihrem Kopf. Der arme liebe Gott, musste er jeden Gestank riechen, der von der Erde aufstieg? Da wäre es kein Wunder, wenn er sich abwandte, und dann... Sie wenigstens wollte nicht schuld sein, daran nicht. Sie stülpte ihren Rock über den Kopf. Beim Händewaschen schaute sie lange in den Spiegel. Sie sah aus wie immer. Lieber Gott, mach mich fromm, dass ich in den Himmel komm. Sie kannte kein passendes Gebet für ihre Situation. Vielleicht gab es keines.

Die Frau schüttete Erbsen in eine große Schüssel, die sollte Dieda auslösen. »Die guten ins Töpfchen, du weißt schon.« Dieda ekelte sich vor den weißen Würmern, die aus vielen der Spalterbsen krochen, aber sie machte sich ohne Widerrede an die Arbeit. Es gab mehr wurmige Erbsen als gute.

Plötzlich schrillte das Telefon in ihren Ohren, das gab es nicht, hier war doch kein Telefon, aber sie hörte es deutlich, sah Resi zum Telefon rennen, hörte sie Nein! Nein! rufen, sah, wie sie die Tür zu Brigittas Zimmer aufriss, sah die beiden einander umarmen und weinen, stand wieder daneben, und wusste irgendwann, ohne dass ihr jemand etwas gesagt hätte, dass ihre Mama gestorben war. Sie sah das dunkelblaue Kleid, das man ihr angezogen hatte, sah sich neben ihrem Vater am offenen Grab stehen, sah die abgehackten Wurzeln der großen Birke, fühlte das Gewicht von Vaters Hand auf ihrer Schulter. Sie legte den Kopf auf den Küchentisch und fing an zu weinen. Die Stimme der Tante klang in ihren Ohren, die aus Ostpolen zum Begräbnis gekommen war, die hatte von Babyhirn und Babyblut auf einer Hausmauer gesprochen und von Soldaten. Dieda hielt sich die Ohren zu, aber das half nicht, die Stimme war in ihrem Kopf, sie verstand nicht alles, was die Stimme sagte.

Dieda hörte nicht, wie die Frau in die Küche kam, spürte nur eine Hand auf ihren Haaren, genoss das Streicheln. Dann sagte die Frau: »Du bist doch gleich fertig, das ist doch kein Grund zu weinen.«

Dieda zog durch die Nase auf, drückte beide Fäuste auf die Augen. »Du musst auch nicht um Großvater weinen«, fuhr die Frau fort, »dem geht es wieder recht gut.«

Ach wie gut, dass niemand weiß, ging es Dieda durch den Kopf. »Lauf doch raus in den Garten, die Sonne scheint!«

Dieda ließ eine Hand ins Wasser baumeln, bis die Finger von der Kälte brannten. Der Schmerz beruhigte sie. Sie zog an den Fingern, bis sie ein leises Knacken hörte. Viermal. Vier Tage, vier Wochen, vier Monate, vier... Jahre? Und dann? Oder würde sie vier Kinder bekommen? Die Wasserwirbel im Fluss glitzerten. Eine Forelle schnellte hoch, ließ sich wegtreiben, ohne mit einer Flosse zu wackeln. Ein Marienkäfer landete auf Diedas Knie, klappte die roten Deckflügel über die dünnen grauen, die unten unordentlich heraushingen. Der Marienkäfer krabbelte nach links, krabbelte nach rechts. Marienkäfer, Marienkäfer, flieg nach Mariabrunn. Wenn er jetzt wegflog, war das ein gutes Zeichen, dann konnte alles noch gut werden. Sie hauchte ihn an. War das jetzt geschwindelt oder nicht?

»Marienkäfer, Marienkäfer. . .« Er breitete die Flügel aus, stieg steil hoch, war nur mehr ein Pünktchen, das Blau verschluckte ihn. Auf Diedas Knie blieb ein kleiner gelber Fleck zurück. Sie betrachtete ihn lange, bevor sie Wasser in die hohle Hand nahm und ihn wegspülte.

Hoffentlich kommen Harald und Tommy nicht, dachte sie. Ich will meine Ruhe haben. Ich muss nachdenken. Sie brach einen Zweig ab, warf kleine Stückchen in den Fluss, sah ihnen beim Davontrudeln nach.

Auf der Straße knatterte ein Lastwagen vorüber, dann noch einer und noch einer. Zwölf Wagen zählte sie, nach einer Pause wieder drei. So viele Laster fuhren sonst nie auf dieser Straße.

Sie hatte doch nachdenken wollen. Ihr Hirn wurde leerer und leerer. Nur noch Wasserstrudel und helle Steine sah sie, ob sie die Augen offen oder geschlossen hielt. Sie wäre gern zu Gretel gegangen. Aus irgendeinem Grund war das heute unmöglich, sie wusste nicht warum. Als wäre sie hier festgehext. Wie beim Versteinern-Spielen, nur kam keiner, der sie aus der Erstarrung erlöste. Nicht einmal Harald oder Tommy.

Sie war froh, als die Frau sie rief und Milch holen schickte. Wenn sie allein den steinigen Weg bergauf ging, erfand sie immer neue Schrittfolgen, die streng einzuhalten waren, drei lange Schritte, ein kurzer, hüpfen... Die Bäuerin nahm den letzten Brotlaib aus dem Backofen. Die Küche duftete, dass es kaum auszuhalten war. Frau Hofer nickte Dieda zu, schnitt ein dickes Endstück mit knuspriger Kruste ab, reichte es ihr. Das Brot war noch heiß, fast zu heiß zum Anfassen, aber sie biss sofort hinein, kaute, ließ den Bissen im Mund immer größer werden, war ganz voll von Brot, atmete tief ein. So schmeckte Glück. Frau Hofer lächelte, die Falten in ihrem Gesicht tanzten. Dieda folgte ihr in die Milchkammer, warf einen Blick in den Stall, kraulte dem Kalb den krauslockigen Kopf mit der linken Hand, in der rechten hielt sie das kostbare Brot.

Auf dem Rückweg ging sie langsam und vorsichtig. Frau Hofer hatte die Milchkanne fast bis zum Rand gefüllt. Hinter dem letzten Haus vor der Straße blieb sie stehen. So viel Milch bekamen sie sonst nicht. Sie setzte die Kanne an den Mund, trank einen tiefen Schluck. In der Kanne blieb

ein weißer Rand, aber sie konnte ja sagen, die Milch wäre nur hochgeschwappt beim Gehen. Sorgfältig schleckte sie ihre Lippen ab, noch einmal und noch einmal.
Harald und Tommy saßen mit finsteren Gesichtern und geschorenen Köpfen auf den Stufen vor der Haustür. »Wehe, du sagst ein Wort«, drohte Harald.
Beim Abendessen redeten die Frauen lange und ausführlich über Läuse und Nissen. Tommys Mutter rügte ihre Schwestern, das sei nun wirklich kein passendes Tischgespräch, worauf Haralds Mutter entgegnete, sobald etwas Passendes auf den Tisch käme, würden auch die unpassenden Gespräche aufhören. Es war, als sei ein dichtes Gewebe aus Spinnfäden über den Tisch und im ganzen Zimmer gespannt, Spinnfäden, so fest wie Eisendrähte, aber unendlich fein, und in diesem Netz könne man jederzeit gefangen und eingewickelt werden, eine Puppe, aus der nie ein Schmetterling würde, eine Mumie. Harald schien es auch zu spüren, er fragte, kaum dass er den Löffel hingelegt hatte, ob er noch kurz hinausgehen dürfe. Dieda wollte mitgehen, aber die Frau hielt sie zurück. Sie musste sich auf den Schemel setzen, die Frau kämmte mit einem ganz feinen Kamm Strähne um Strähne, plötzlich hielt sie inne und rief nach ihrer älteren Schwester.
»Ja, das sind Nissen«, bestätigte die. »Noch nicht viele, aber eindeutig Nissen.« Sie holte die Petroleumkanne und verschiedene Tücher. Um Diedas Kopf wurde ein in Petroleum getränkter Lappen gewickelt, außen herum

kam ein großes Tuch.
Schon nach kurzer Zeit brannte die Haut auf der Stirn und hinter den Ohren.
»Sei nicht so wehleidig«, schimpften die Frauen. Schmerz und Ekel verbündeten sich. Dieda drehte sich auf die Seite, auf den Bauch, auf den Rücken, alles war gleich schlimm. Am liebsten hätte sie die Fetzen weggerissen, aber das wagte sie nicht. Irgendwann heulte sie sich in einen unruhigen kurzen Schlaf und träumte von riesigen Läusen.
Als die Frau am Morgen die Tücher abnahm, erschrak sie sichtlich. Ihre Schwester warf einen Blick herüber, zuckte mit den Schultern. »So etwas kommt vor.»
Die Frau wusch Diedas Haare sorgfältig, schickte Harald zweimal mit der hohen braunen Kanne um frisches Wasser zum Spülen.
Im Badezimmerspiegel sah Dieda das rote Stirnband aus wundem, rohem Fleisch. Sie fing an zu weinen, obwohl sie sich fest vorgenommen hatte, nie wieder vor den anderen zu weinen. Die Frau schmierte Salbe auf die Wunde. Das tat weh, obwohl ihre Finger sehr behutsam waren. In der Schule starrten alle Diedas Stirn an. Haralds Glatze erregte keine Aufmerksamkeit. Die meisten Buben waren wegen der Läuse geschoren worden.

Der Briefträger drückte Dieda ein Päckchen in die Hand. Ihr Name stand darauf, ihr alter Name. Darin waren ein Buch und ein Zettel von Papa: *Das hat mir Schwester*

Petrina gegeben, mit vielen guten Wünschen für dich. Schreib ihr einmal, sie liebt dich wie eine echte Großmutter. Herzensbusserln von deinem Papa.

Schwester Petrina. So oft war sie mit Papa in dem Kloster auf dem Hügel gewesen. Während er die Kranken besuchte, war sie bei Schwester Felicia in der Küche gewesen oder im Stall. Schwester Felicia hatte sie auf dem dicken Bernhardiner reiten lassen. Sie hatte ein Radieschen oder eine Karotte aus der Erde gezogen, an ihrer Küchenschürze abgewischt und Dieda gereicht, nicht ohne sich umzusehen, ob sie jemand beobachtete. Sie hatte behauptet, Nonnen würde beim Eintritt ins Kloster der Kopf rasiert, und wenn sie ein wirklich heiligmäßiges Leben führten, wüchsen ihnen statt der Haare Schwanenfedern nach. Dieda hatte heftig widersprochen: Wenn man Schnittlauch abschneidet, wächst nie im Leben Petersilie nach. Da hatte Schwester Felicia traurig den Kopf geschüttelt und erklärt, sie hätte eben den richtigen Glauben nicht, der könne Berge versetzen und Schwanenfedern wachsen lassen. Zum Abschied hatte sie immer mit geheimnisvoller Miene eine Schublade in der Speisekammer geöffnet und ein paar Kekse in Seidenpapier gewickelt. Dieda hatte die Kekse, die stark nach Mottenpulver rochen, mit angehaltenem Atem entgegengenommen. Damals war sie überzeugt gewesen, das müsse der Geruch der Heiligkeit sein, und die Kekse schmeckten ihr nur deshalb nicht, weil sie eben leider ein schlechtes Kind war. Wenn sie einmal eine Woche lang wirklich lieb und brav und ganz so wäre, wie sie sein sollte, dann würden ihr die Kekse wunderbar schmecken. Sosehr sie sich bemüht hatte, sie war jeden Dienstag neu enttäuscht gewesen. Und trotzdem hatte sie sich auf die Besuche gefreut. Manchmal hatte Schwester Petrina, die Oberin, geklingelt, und Schwester Felicia hatte die Küchenschürze abgenommen und Dieda hinaufgeführt in das Turmzimmer mit den riesigen Fenstern auf drei Seiten. Schwester Petrina hatte ihr Heiligenbildchen geschenkt, manche waren mit Wachs überzogen und hatten mit Nadeln gestochene und mit Goldfarbe verzierte Muster, die durfte man nur vorsichtig zwischen zwei Fingern halten, sonst ging das Gold ab.

Wenn Bomben auf Wien fielen, konnte doch auch eine Bombe das Kloster treffen? Da oben auf dem Hügel war es weithin sichtbar. Du hast eben den richtigen Glauben nicht. Lieber Gott, lass trotzdem keine Bomben auf Schwester Petrinas Turm fallen.

»Die kleine heilige Theresia vom Kinde Jesu« hieß das Buch. Dieda verkroch sich zwischen Haselnuss- und Hollerstauden und begann zu lesen. Diese Theresia wünschte sich nur eines auf der Welt: mit acht Jahren in das strengste Kloster weit und breit einzutreten, und als sie dort war, hatte sie die größte Freude daran, wenn sie Steintreppen scheuern und andere widerliche Arbeiten tun musste. Dieda schüttelte beim Lesen den Kopf, bis ihr schwindlig wurde. Dennoch beschloss sie noch am selben Tag, heilig zu werden. Allerdings nicht so wie diese

Theresia, da hätte sie ja nicht einmal reden dürfen. Nein, sie wollte eine freundliche Heilige werden, mit den Vögeln und Fischen und allen Tieren sprechen wie der heilige Franziskus. Schließlich hatte sie für die Eichhörnchen Schmerzen ertragen, sie war also bestimmt schon auf dem richtigen Weg.

Eine Bremse landete auf ihrem Arm. Sie wollte gerade zuschlagen, doch im letzten Moment hielt sie inne. »Schwester Bremse, ich schenke dir einen Schluck von meinem Blut«, sagte sie laut. Die Bremse flog weg. Die Bissstelle juckte furchtbar. »Juck zurück«, hatte Papa immer geraten, wenn sie sich über einen Ausschlag beklagte. Wie juckte man zurück?

Sie begann zu kratzen, kratzte, bis Blut kam. Am Abend kratzte sie wieder, und plötzlich juckte es sie überall, auch auf dem Rücken. Sie kratzte, wo sie nur hinreichen konnte, kratzte den Schorf von der Wunde am Knie. Nur das wunde Stirnband ließ sie aus, es tat zu weh, wenn sie nur in die Nähe kam. Es war heiß im Bett, sie strampelte die Decke weg.

Eine Fliege landete auf ihrem Knie, gleich darauf eine zweite, eine dritte. Die Fliegenbeine kitzelten, die Fliegenrüssel noch mehr, aber Dieda schaffte es, ganz still zu halten. Sie war stolz auf sich.

Ein ziehender Schmerz in der Stirn weckte sie früh auf. Wieder kratzte sie sich blutig, wieder kamen die Fliegen. Sie war so sehr damit beschäftigt, sich nicht zu bewegen, dass sie nicht bemerkte, wie die Frau ins Zimmer trat. »Ja,

bist du wahnsinnig?«, rief die Frau. Die Fliegen schwirrten davon. »Die Fliegen sitzen auf jedem Dreck! Du kannst dir eine Blutvergiftung holen!« Die Frau scheuchte Dieda aus dem Bett, stellte sie in die Badewanne, schrubbte sie ab. »Sag mir bloß, wie du auf eine so verrückte Idee gekommen bist.«
Dieda schwieg.
Man ließ sie also nicht heilig werden. Gut, dann war es nicht ihre Schuld, wenn sie schlecht war.
Es dauerte eine ganze Woche, bis sich Haut auf der wunden Stirn zu bilden begann. Jeden Tag trug die Frau Creme auf, das tat gut, auch wenn es schmerzte. Dieda studierte ihr Gesicht, das sie nie so nahe gesehen hatte. An der Seite ihrer Wangen stand goldener Flaum, ihre Nase war ein bisschen schief, so wenig, dass man sehr genau schauen musste, um es zu bemerken. Ihr Atem roch nach Pfefferminz. Manchmal berührten ihre Hände beim Eincremen Diedas Wange. Ihre Hände waren kühl, sie hatte so lange, schmale Finger, die hätte Dieda gerne gehabt. Ihre eigenen waren kurz und breit.

Der Platz vor der Schule war voll von Kindern. Lehrerinnen bemühten sich vergeblich, Ruhe zu schaffen, alles redete und rannte durcheinander. Vor dem Tor stand ein Soldat, dem ein Ärmel leer von der Schulter hing. Die Frau Direktor lief mit aufgelöstem Haarknoten herum, kletterte schließlich auf die Friedhofsmauer, wobei der Feuerwehrhauptmann von hinten anschob.

»Ich hab ihren Unterrock gesehen!«, kicherte Harald. »Sogar ihre Unterhose!«
»Blödsinn«, knurrte Dieda.
»Blau ist sie«, sagte Harald, als wäre das ein Beweis. Er hätte genauso gut rosarot sagen können.
Die Frau Direktor klatschte in die Hände, es wurde still. Sie verkündete, dass die Schule als Lazarett gebraucht würde und die Kinder nach Hause gehen sollten. Ein paar Buben schrien: »Hurra!«, und ernteten Stirnrunzeln und strenge Blicke. Ihre Lehrerin kam vorbei, tätschelte Dieda die Wange und sagte: »Kopf hoch!« Ihre Augen waren rot.
Auf dem Heimweg trödelten sie, saßen eine ganze Weile mit Gretel auf der Brücke, ließen die Beine baumeln, warfen Rindenstückchen ins Wasser und kauten Sauerampferstängel.
»Lang kann's nicht mehr dauern«, sagte Gretel, weigerte sich aber, näher zu erklären, was sie meinte. Es tat Dieda weh, dass Gretel Geheimnisse vor ihr hatte. Als Harald hinunter zum Fluss lief, weil er eine riesige Forelle entdeckt hatte, die neben einem Stein stillzustehen schien, flüsterte Gretel: »Ich würde es dir ja gerne sagen, aber ich darf nicht. Es wäre zu gefährlich.«
»Manchmal glaub ich, ich werde gleich explodieren«, flüsterte Dieda.
»Siehst du. Und wenn man explodiert, dann fliegen alle Sätze herum, die man nicht weitersagen darf, und wenn man Pech hat, treffen sie die falschen Ohren.«
Dieda nickte, obwohl sie nicht sicher war, was Gretel

meinte. Sie beugte sich zu Gretel und hauchte ihr ins Ohr: »Es hat mit dem Krieg zu tun, stimmt's?«
Gretel legte zwei Finger auf den Mund.

Da keine Schule war, unterrichtete der Alte Harald und Dieda. Tommy setzte sich mit an den Tisch und zeichnete, nach einer Woche antwortete er, wenn der Alte das Einmaleins abfragte. Während der Schulstunden war der Alte freundlicher zu Dieda als sonst. Von dem Furunkel in seinem Nacken war nur eine kleine Narbe zurückgeblieben, aber er wirkte kleiner, nicht mehr so straff, eher verhutzelt wie eine Birne vom Vorjahr. Er ging auch nicht mehr mit dem Luftdruckgewehr aus dem Haus, schloss sich oft in sein Zimmer ein. Einmal war die Tür offen gestanden, weil Haralds Mutter mit einem Tablett hineingehen wollte, da sah Dieda den Alten mit dem Kopf unter einer karierten Decke vor dem Bett hocken. Sehr verwirrend. Sie merkte, wie ihr der Hass gegen den Alten entglitt. Nur wenn er seine grobe haarige Hand auf ihre Hand legte, brachte der Ekel vor der Berührung den Hass zurück.

Von ihrem Opapa kam ein Brief. Er wunderte sich, dass sie seine letzten drei Briefe nicht beantwortet hatte. Sie tobte, stellte die Frau zur Rede, die wurde nicht einmal zornig. »Ja glaubst du denn, dass in Zeiten wie diesen die Post funktionieren kann?«

Opapa schrieb ihr eine Geschichte von einem kleinen Mädchen in einem dunklen Wald, das schließlich nach

vielen Abenteuern an einem See voller Wasserrosen glücklich lebte. Den See kannte sie. Sie war oft mit Opapa hingegangen, sie waren an dem Steg gesessen und hatten die Hände in das schwarze Wasser getaucht, in dem viele kleine rote Krebse wuselten.
Jeden Abend legte sie den Brief unter ihr Kopfkissen, hoffte, sie würde die Geschichte träumen, aber in ihren Träumen musste sie immer nur über kahle Hügel gehen, ihre Füße versanken im Schlamm, mussten mühselig bei jedem Schritt herausgezogen werden, nie erreichte sie das weiße Haus auf der Kuppe mit den rotgolden strahlenden Fenstern.

Immer wieder weckte der Hunger sie mitten in der Nacht. Irgendjemand hatte behauptet, es würde helfen, Wasser zu trinken, aber ihr Bauch krampfte weiter, ein ungeheures Loch, das jeden Gedanken verschlang. Plötzlich fiel ihr ein, dass die Frauen gestern eine mit Metall ausgeschlagene Kiste voll Zucker heimgeschleppt hatten, die Zuckerration für die ganze große Familie für mehrere Monate. Sie wusste, wo die Kiste stand. Barfuß tappte sie hinunter, öffnete lautlos die Tür zur Speisekammer, hob den Deckel ab. Die weißen Zuckerkristalle leuchteten im Dunkeln. Sie schöpfte mit einer Hand Zucker heraus, schleckte. Köstlich war das. Sie nahm noch eine Hand voll, die wollte sie im Bett genießen, langsam jedes Körnchen im Mund zergehen lassen. Mit der anderen Hand strich sie den Zucker glatt. Kein

Mensch konnte sehen, dass sie etwas genommen hatte. Vorsichtig schlich sie zurück in ihr Bett, nicht ein Dielenbrett knarrte. Sie zog die Decke über den Kopf und war selig.

Beim Frühstück sagte der Alte: »Jemand hat Zucker gestohlen.« Er blickte in die Runde.

Wie konnte er wissen, dass Zucker fehlte? Dieda hatte so sorgfältig die Oberfläche glatt gestrichen. Die Kiste hatte genauso ausgesehen wie vorher.

»Warst du es, Harald?«

»Nein! «

»Warst du es, Tommy?«

»Nein! Ich weiß gar nicht, wo der Zucker ist.«

»Warst du es, Dieda?«

»Nein!«

Er stand auf, blickte auf sie herab. »Du lügst!«

Sie erstarrte, duckte sich unter seinem Blick.

»Du glaubst, du kannst mich betrügen! Lügen, Stehlen, Betrügen — was kommt als Nächstes? Kameradschaftsdiebstahl ist die übelste Form von Diebstahl, es gibt kaum etwas Schändlicheres. Was hast du dazu zu sagen?«

Er konnte es nicht wissen!

»Ich war's nicht!«, beharrte sie.

»Komm mit!«

Sie stand auf, ging hinter ihm her die Treppe hinauf. Eine dünne Zuckerspur führte bis zu ihrem Bett.

Zur Strafe musste sie alle Schuhe im Haus putzen.

»Die Schuhcreme bekommst du erst, wenn alles sauber ist.«

Sie hockte unter dem Vordach, rieb mit der harten Wurzelbürste den angetrockneten Straßendreck. Immer wieder schickte der Alte sie zurück. Sie versuchte, mit Spucke die Flecke wegzubekommen, aber sosehr sie sich bemühte, der Alte war nicht zufrieden. Das Schlimmste war, dass sie sich entsetzlich schämte. Tränen liefen ihr über die Wangen, auf die Schuhe. Die Tränen machten neue Flecke. In der Küche klapperten sie schon mit Geschirr. Die anderen saßen am Tisch und aßen, sie musste weiterputzen. Als sie die Schuhcreme bekam, schämte sie sich nicht mehr, war nur noch wütend, erstickte fast an hilflosem Zorn. Am liebsten hätte sie dem Alten die Schuhe vor die Füße geworfen. Oder besser noch auf die Füße.

Es gab zwar keinen Schulunterricht mehr, wohl aber die Religionsstunden in der Kirche am Donnerstagnachmittag. Das war jetzt die einzige Gelegenheit, Gretel zu sehen, denn die Frauen und der Alte rannten ständig hinter den Kindern her, mussten immer wissen, wo sie waren, was sie trieben. Am liebsten war es ihnen, wenn sie im Haus blieben.

Der junge Kaplan war groß und schlank, mit dunklen Augen und hellen Locken. Er sprach nur ganz leise; wenn er einmal die Stimme hob, begann er furchtbar zu husten, drückte sein blendend weißes Taschentuch an den Mund und verschwand für kurze Zeit in der Sakristei. Gretel behauptete, dass alle Frauen in ihn verliebt

waren. An diesem Donnerstag erwartete er die Kinder vor der Kirchentür.
»Heute werden wir den Rosenkranz beten für unsere Schwester Theresia, die zum Herrn heimberufen wurde«, sagte er.
Vor dem Altar stand ein offener Sarg. Der Kaplan trat an den Sarg, besprengte ihn mit Weihwasser und lud die Kinder mit einer Handbewegung ein, es ihm nachzutun. Dieda nahm sich vor, nicht in den Sarg zu schauen, aber als sie an der Reihe war, tat sie es doch. Die Frau war oft auf der Bank vor der Friedhofsmauer gesessen, manchmal allein, manchmal mit einem alten Mann, der an einer kalten Pfeife herumkaute, hatte den Kindern zugeschaut, die an ihr vorbei zur Schule gingen, hatte mit ihnen geplaudert. Jetzt trug sie ein seltsames Lächeln in ihrem kleinen gelblichen Gesicht und sah zugleich viel jünger und viel älter aus als auf der Bank unter dem Kastanienbaum.
»... und gebenedeit ist die Frucht deines Leibes Jesu...« Die Stimmen rauschten in Diedas Ohren, der Weihrauch füllte ihre Nase, ihr Kopf wurde leicht. Sie drückte beide Ellbogen fest auf das glatte Holz, es kam ihr vor, als könnte sie gleich abheben und irgendwo da oben im Gewölbe verloren gehen. In einer der vorderen Bänke schluchzte jemand.
»... von dannen er kommen wird zu richten die Lebenden und Toten.«
Warum von Tannen?
Im Hinausgehen hörte Dieda eine Frau flüstern: »Die

Theres hat's gut. Der ist das erspart geblieben, was uns bevorsteht.«

»Psst«, mahnte die andere. »Du kannst nie wissen, wer zuhört. Sind schon Leut für weniger ins Lager gekommen.«

Jetzt mahnte die Erste zum Schweigen.

Gretel zog sie auf den Friedhof. Der alte Totengräber und sein verwachsener Gehilfe lehnten rauchend an einem Grabstein. Gretel und Dieda standen am Rand der frisch ausgehobenen Grube. Ganz unten war Wasser eingesickert, bräunlich und undurchsichtig. Eine Wespe versuchte zappelnd ans Ufer zu kommen.

»Hast du das Gesicht von der Theres gesehen?«, fragte Dieda.

»Sicher. Warum?«

»Die weiß alles«, sagte Dieda. »So, wie sie dreinschaut, weiß sie alles, aber sie sagt nichts.«

Gretel nickte. »Glaubst du, dass sie uns sieht?«

»Ich weiß nicht. Du – wir müssen die Wespe rausholen. Ist doch irgendwie blöd, wenn die Theres ihr Grab mit einer Wespe teilen muss.«

Gretel grinste, dann aber lief sie hinaus und kam mit einem langen Stab zurück. Nach mehreren Versuchen gelang es ihr, die Wespe herauszuschleudern. Sie hatte sich dazu hinknien müssen, ihre Beine waren voll Schlamm. Sie ging zum Brunnen, wusch das Ärgste ab.

»Warum starrst du mich so an?«, fragte sie.

Dieda schluckte.

»Aber das ist doch... Friedhofswasser.«
»Sicher. Und?«
»Und da kann was von den toten Leuten drin sein.«
Gretel ließ sich Zeit mit der Antwort. »Stimmt. Nur - die Mama sagt, die Toten sind überall, wenn sie ganz zu Erde geworden sind, und der Wind weht, dann kann in jedem Staubkorn ein winziges Etwas von einem Toten sein. Sie tun uns nichts, sagt die Mama, nur vor den Lebenden muss man Angst haben, aber Gott sei Dank nicht vor allen.«
Die Toten sind überall? In der Luft, im Wasser, in der Erde? Einfach überall? Dieda schüttelte sich bei dem Gedanken, sie könnte ein Körnchen von einem Toten eingeatmet haben.
Harald kam angetrabt und schimpfte, weil er sie schon die längste Zeit gesucht hatte.
Als Dieda im Bett lag, sah sie das wächserne kleine Gesicht wieder vor sich und den Mund mit dem seltsamen Lächeln. Ob Theres jetzt wirklich alles wusste? Alle Geheimnisse? Hatte Mama auch so gelächelt in ihrem Sarg, während alle weinten?

Dieda überraschte die Frau mit der Frage, ob sie zum Begräbnis von Theres gehen dürfe.
«Du hast sie doch gar nicht gekannt.«
«Ein bisschen hab ich sie gekannt.« Einmal, fiel ihr ein, hatte Theres ihr den Zopf neu geflochten, der auf dem Schulweg aufgegangen war. Theres hatte ein Stück Kor-

del aus ihrer riesigen Tasche gefischt, weil Dieda ihr Zopfband verloren hatte.
Die Frau schüttelte den Kopf, doch dann sagte sie: «Meinetwegen, wenn dir so viel daran liegt, aber nur, wenn Harald mitkommt. Allein gehst du mir nicht.«
Harald war sofort bereit. Sie wurden beide geschrubbt und in ihre Sonntagskleider gesteckt. »Macht euch nicht schmutzig.«
Der Friedhof war voll von Menschen. Viele schluchzten. »Hat die Theres so viele Freunde gehabt?«, fragte Harald. Bevor Dieda antworten konnte, sagte eine Frau: »Die weinen um ihre Männer und Väter und Brüder, die irgendwo eingescharrt wurden. Die Theres hat's gut, kommt in ihr eigenes Grab zu ihren eigenen Eltern und ihrem eigenen Bruder.«
Die Frau verschwand in der Menge. Die Lehrerinnen ließen die Kinder in Vichererreihen in die Kirche ziehen und sich links und rechts vom Sarg aufstellen, der jetzt geschlossen war und auf dem ein Wiesenblumenstrauß lag. Die Orgel spielte, Weihrauchschwaden stiegen auf, in den hohen Leuchtern neben dem Sarg brannten riesige Kerzen.
Gretel fasste nach Diedas Hand. »Ist es nicht zum Weinen schön?«, flüsterte sie.
Es war zum Weinen schön, feierlich und eigentlich gar nicht traurig, obwohl es traurig war.
Sechs Männer trugen den Sarg hinaus. Die Blasmusik spielte, immer wieder drang ein Sonnenstrahl durch die

Wolken und ließ eine Trompete, ein Horn, eine Posaune aufleuchten. Die Rede des Kaplans konnte Dieda nicht verstehen, er sprach zu leise. Sie schaute sich um. Gretel hatte Recht, die Augen vieler Frauen klebten an ihm. Die ersten Schaufeln voll Erde fielen auf den Sarg, das gab ein dumpfes Geräusch. Eine Wespe flog vorüber. Ob das die aus dem Grab war?
Die Lehrerin winkte den Kindern, sie balancierten über die Planke, die zum Grabhügel führte, nahmen die Schaufel, die ihnen der Totengräber reichte, leerten Erde auf den Sarg. Als Dieda sich vorbeugte, spürte sie einen starken Sog. Der Totengräber packte ihren Arm. »Hoppala«, sagte er leise. »Nicht so eilig, alle kommen dran. «
Neben dem Grab stand ein kleiner Mann in einem viel zu weiten Anzug. Er bedankte sich bei jedem, der vom Hügel herunterkam. »Danke.« War er der Mann von Theres, der Bruder, der Sohn?
Die Blasmusik spielte ein Stück, das war so schön und so voller Sehnsucht, dass Dieda wieder nach Gretels Hand greifen musste.
Plötzlich gickste die Trompete. Ringsum lächelten die Leute.
Endlich hatte der Letzte sein Schäufelchen voll Erde ins Grab geworfen. Die Menge löste sich in kleine Gruppen auf.
Vor dem Friedhofstor stand der Bäcker neben einem gewaltigen Korb voller Semmeln. Jedes Kind, jede Frau

und jeder Mann bekam eine. Dieda nahm ihre in die linke Hand, an ihrer rechten war vielleicht ein Körnchen Friedhofserde hängen geblieben.
»Ein schönes Begräbnis», sagte eine Frau.
»Ein schönes Begräbnis«, bestätigte eine andere. »Hätt´ der Theres gefallen. Kein Begräbnis hat sie versäumt.«
»Heutzutage ist es was Besonderes, wenn man ein richtiges Begräbnis bekommt«, sagte eine Dritte.
»Die Theres hat's verdient«, erklärte die Erste. »Sie war eine von den ganz Guten.»
Harald lief im Zickzack vor, Dieda und Gretel folgten ihm. Sie gingen den Promenadenweg am Fluss entlang, fanden eine trockene Bank, setzten sich und bissen in ihre Semmeln.
»Komisch«, stellte Harald fest, »zuerst ist es gar nicht süß, und je länger man kaut, umso süßer wird es.« Der Fluss klimperte hell auf den Steinen. Irgendwo in der Nähe hämmerte ein Specht, aber sie konnten ihn nicht sehen. Dieda hob einen Tannenzapfen auf und roch daran.
Frau Fischer kam den Weg herauf. »Hab ich mir doch gedacht, dass ich euch noch einhole.« Dieda war aufgesprungen, Frau Fischer legte den Arm um sie, drückte sie an sich. Da konnte Dieda die Tränen nicht mehr zurückhalten, da musste ein Wehr gebrochen sein, sie weinte und schluchzte und brabbelte alles, was in den letzten Wochen geschehen war, in Frau Fischers Dirndlbluse. »Ist schon gut, Kind, ist schon gut, wird schon wieder gut«, murmelte Frau Fischer, die offenbar

kein Wort verstanden hatte.
So plötzlich, wie er gekommen war, versiegte der Strom. Dieda schluchzte noch ein paar Mal, putzte sich die Nase. Jetzt sah sie, was sie angerichtet hatte.
«Die Bluse hätte ich sowieso waschen müssen«, sagte Frau Fischer.
Harald und Gretel waren verschwunden. Jetzt kamen sie mit einem großen Strauß Bärlauch. Dieda blickte an Harald vorbei. Dass er nicht tratschen würde, wusste sie, aber es war ihr entsetzlich, dass er sie so gesehen hatte.
»Ich glaub, der Trompeter hat absichtlich gegickst«, sagte Gretel.
Harald beklagte sich, dass es nur Semmeln gegeben hatte. Seine Mutter hätte ihm erzählt, dass die Trauergäste immer Würstel bekämen. Darum sei er eigentlich mitgegangen.
Gretel boxte ihn in die Rippen. »Also du bist wirklich blöder als blöd. Woher sollen die denn Würstel für alle nehmen? Nicht einmal die Nazis hätten so viele Würstel!«
»Es ist ein Wunder, dass sie Semmeln auftreiben konnten«, sagte Frau Fischer. Sie richtete das Seidentuch über ihrer nassen Bluse. »Zeit, dass wir heimgehen.» Sie taten alle ganz normal. Dieda war froh, und doch war es ihr in irgendeiner Ecke ihres komischen Kopfes auch wieder nicht recht. Ein solches Durcheinander wie in ihrem Kopf gab es bestimmt nirgends sonst auf der Welt. Kein Wunder, dass er oft wehtat.

Jeden Morgen ging der Alte sehr früh aus dem Haus und holte eine Zeitung. Während er die Zeitung las, schlichen die Frauen auf Zehenspitzen durch die Küche, die Kinder schickten sie in den Garten, auch wenn es regnete. Dann hockten sie unter dem Vordach, wo die Weberknechte auf ihren langen Beinen über die Mauer staksten. Sie veranstalteten Schneckenrennen, bei denen meist Tommys schwarz geringelte Weinbergschnecke gewann, worauf er unbändig stolz war. Er behauptete, es käme davon, dass er sie mit Erdbeerblättern fütterte und ihr geheime Sprüche zuflüsterte.

Wenn der Alte fertig war mit dem Lesen, rief er sie ins Haus und die Schulstunde begann. An diesem Tag aber schien er sie vergessen zu haben. Dieda sammelte Tannenzapfen ein und baute einen Stall aus Rinde, steckte Hölzchen in die Zapfen und erklärte sie zu Kühen, Kälbern und Pferden, ein dicker Föhrenzapfen mit Blattohren war das Schwein. Sie behauptete natürlich, dass sie den Bauernhof für Tommy machte, aber in Wirklichkeit hatte sie selbst Spaß daran. Das Schwein bekam ein Kleeblatt ins Maul gesteckt, ein dreiblättriges nur, aber schließlich war ja nicht Neujahr, wie Harald erklärte. Sie holten Moos, Gräser, Kräuter und Steine und bauten eine Landschaft, in die sie den Bauernhof stellten. Tommy rupfte Gänseblümchen ab und sagte, das seien seine Küken.

Plötzlich stand der Alte vor ihnen. Er blickte von oben auf sie herab, als wären sie etwas unsagbar Widerwärtiges, öffnete den Mund, schüttelte den Kopf, drehte sich um und stapfte ins Haus zurück.

»Was ist jetzt los?«, fragte Harald.

»Keine Ahnung. Wahrscheinlich war etwas in der Zeitung.«

Zeitunglesen war verboten. Einmal hatte der Alte Dieda dabei erwischt und war sehr zornig geworden. Die Frau hatte gesagt: «In der Zeitung stehen Dinge, die machen euch nur unnötig das Herz schwer.« Ausgerechnet bei der Zeitung machten sie sich Sorgen, man könnte ein schweres Herz bekommen. Mein Herz ist schwer, mein Bauch ist leer, hatte Dieda gereimt. Irgendwann würde sie ein Gedicht daraus machen, es gab ja noch viele andere Wörter, die sich auf schwer und leer reimten.

Tommys Mutter kam heraus und sagte, das Essen sei fertig, sie sollten sich bitte ausnahmsweise gut benehmen, vor allem still sein und Großvater nicht aufregen.

Es gab Kartoffelsuppe. Alle beugten sich über ihre Teller, vermieden es, einander anzusehen. Dieda linste über den Löffel auf Harald, der verbissen vor sich hin starrte. Der Alte schlürfte ein langes Zwiebelstück vom Löffel, das schnellte hoch, traf ihn an der Nasenspitze. Er wischte es weg, es landete auf dem Tischtuch. Der Alte funkelte es strafend an, genau so, wie er die Kinder anblickte, wenn er »erzieherische Maßnahmen setzen musste«, wie er oft sagte. Dieda biss sich auf die Lippen, aber es half nicht. Sie prustete los. Suppe spritzte in alle Richtungen.

Eine ewig lange Zeit geschah gar nichts. Sie wollte nicht

lachen, aber sie konnte nicht aufhören, bekam auch noch einen Schluckauf, hatte Angst, furchtbare Angst, aber es schüttelte sie weiter. Dann stürzte sich der Alte auf sie, riss sie an den Armen hoch und gab ihr eine Ohrfeige, die sie quer durch die Küche schleuderte, sie stützte sich mit der Hand ab – an der heißen Herdplatte.

Die Frau schrie auf, packte sie, drückte sie auf einen Schemel, goss Öl auf die Hand. Es dauerte lange, bis der Schmerz kam, die Küche drehte sich, drehte sich immer schneller, ihr wurde furchtbar übel, in einem Schwall kam die Suppe zurück, tropfte über ihr Kleid, über ihre Beine. Sie starrte die Pfütze zu ihren Füßen an. Tommy heulte laut, der Alte stapfte aus der Küche, Harald lief mit einem Eimer zum Brunnen, seine Mutter kam mit einem Wischlappen. Die Frau führte Dieda die Treppen hinauf ins Bett, tat noch einmal Öl auf die Hand, umwickelte sie mit einem Leinenlappen. Später brachte sie Tee.

Diedas Schläfen pochten im Wettstreit mit dem Schmerz in der Hand. »Versuch zu schlafen«, sagte die Frau. In der Nacht kam sie mehrmals an Diedas Bett, wechselte den Verband, schüttelte das Kissen auf.

Die Hand war riesig und weit weg, so weit weg, dass es Dieda wunderte, wieso der Schmerz bis zu ihr reichen konnte. Im Morgengrauen schlief sie kurz ein, ein wütender Schmerz weckte sie auf, sie hatte sich bewegt und dabei ihre Hand berührt. Die Frau kam wieder mit Tee, wickelte die Hand aus. Dieda schaute nicht hin. Die Hand war ihr Feind geworden.

»Du weißt ja, dass Großvater das nicht wollte», sagte die Frau. »Warum musst du ihn immer reizen bis aufs Blut? Und gerade an diesem Tag?»

Sie erklärte nicht, was an diesem Tag so besonders war, und Dieda fragte nicht. Sie fühlte sich nur elend, vor ihren Augen zuckten rote Blitze auf schwarzem Grund, etwas presste ihre Nasenflügel nach innen, ihr Kopf tobte.

Gegen Mittag kam Harald. »Weißt du schon? Der Hitler ist tot.«

«Woher soll ich das wissen?«, fragte Dieda.

»Umgebracht hat er sich. Großvater sitzt in seinem Zimmer und redet mit niemandem, meine Mutter heult, die Tanten spinnen, und Tommy geht mir fürchterlich auf die Nerven.«

Wie zur Bestätigung tönte es im Stiegenhaus: »Harald! Wo bist du?«

Harald stand auf. »Ich geh besser, sonst hüpft er noch auf deinem Bett herum. Mutti hat gesagt, wir sollen dich in Ruhe lassen. Und überhaupt bist du ein schlechter Einfluss.«

»Ja«, sagte Dieda.

Hitler war also tot. Der Alte trauerte um ihn. Sie hatte sich so gefreut auf diesen Tag, und jetzt konnte sie sich nicht auf die Schaukel setzen und wild schaukeln bis in die Wipfel der Fichten hinauf.

Die Frau brachte einen Teller Suppe, half Dieda beim Aufsetzen. »Soll ich dich füttern?«

»Ich kann schon.«

Die Frau hielt den Teller, starrte auf einen Punkt rechts oben im Fenster, schwieg. Dieda löffelte, schluckte, löffelte. Die Suppe blubberte in ihrem Magen. Sie war froh, als die Frau den Teller wegnahm. »Hast du schon genug?«

»Ja, danke.«

Die Frau ging, blieb noch kurz mit der Hand auf der Türklinke stehen. Dieda schloss die Augen.

Hitler war tot. War dann der Krieg vorbei? Wenn sie nur hinübergehen dürfte zu Frau Fischer. Die würde ihr Antwort geben. Das Nebenhaus war so weit entfernt wie der Mond. Wenn sie die Treppe hinunter aufs Klo ging, musste sie sich am Geländer festhalten.

Als die Frau am Abend den Verband wechselte, gelang es Dieda endlich zu fragen: »Fahren wir jetzt nach Wien zurück?«

»Wie kommst du darauf?« Die Frau schüttelte heftig den Kopf. »In Wien sind die Russen! Sei froh, dass wir hier sind.«

»Und Papa?«

»Papa ist auch froh, dass wir hier sind.«

»Aber was ist mit ihm?«

»Er arbeitet. Wie immer.« Die Frau stand auf. Es hatte keinen Sinn, weiter zu fragen. Dieda schlug mit dem Kopf gegen ihr Kissen, das half auch nicht, aber der Schmerz in den Schläfen schwemmte jeden Gedanken fort.

Am nächsten Tag fuhren sie mit Herrn Tasch zum Arzt.

Der Arzt murmelte vor sich hin, bewegte Diedas Finger einzeln, was heiße Stiche durch ihren ganzen Körper sandte. Er trug eine dicke Salbenschicht auf die Handfläche auf. »Das hätte bös ausgehen können, aber wir könnten Glück haben. Du musst mir nur versprechen, dass du die Finger immer wieder so bewegst« – er zeigte ihr, was sie tun musste –, »auch wenn es arg wehtut. Sonst bleibt dir eine verkrüppelte Hand. Verstehst du? Versprichst du mir, dass du das tust? Sonst wirst du die Finger nie mehr richtig ausstrecken können.« Er legte eine kleine Schachtel Pillen in ihre gesunde Hand. »Wenn die Schmerzen ganz schlimm sind, kannst du eine davon nehmen.«
Zu der Frau sagte er: »Es ist wie verhext. In den letzten Tagen gab es mehr Unfälle als sonst im ganzen Jahr.« Sie nickte. »Kein Wunder.«
»Die Amerikaner sind schon in Salzburg«, fuhr er fort. »Es kann nicht mehr lange dauern, bis sie hier sind.«
Wan, tu, trie, vor, faif, six. Mai nähm is… Gretel konnte bestimmt schon viel mehr Englisch.

Dieda durfte das Haus noch nicht verlassen, als die Amerikaner kamen. Harald hatte die großen Laster gesehen, die Panzer, die Jeeps. Er war auf der Post gewesen, als sie einzogen, erzählte er aufgeregt, alles rannte hinaus, winkte und schrie, und ein Amerikaner, mindestens zwei Meter groß und kohlrabenschwarz, warf den Kindern Schokolade zu. »Ich wollte dir eigentlich was aufheben davon, aber am Weg ist sie geschmolzen, da hab ich sie abschlecken müssen. Und innen waren die Hände von dem Amerikaner rosarot, genau wie unsere.«

Dieda war nicht sicher, ob sie ihm glauben sollte. »Wir müssen Englisch lernen«, sagte sie.

»Kann ich schon«, behauptete er. »Gut Mohrning. Ich weiß nur nicht, ob man das zu allen sagt oder nur zu den Schwarzen.«

»Das reicht noch nicht«, erklärte Dieda. »Man muss alles sagen können.«

Harald wackelte mit dem Kopf. »Du kannst dir nicht vorstellen, wie süß die Schokolade war.«

Dieda hielt das linke Ohr mit dem Mittelfinger zu. Mit der rechten Hand schaffte sie es noch nicht, also musste sie weiter anhören, was sie alles versäumt hatte.

Die Frau ging mit Dieda zum Arzt. Sie spazierten langsam am Fluss entlang. Plötzlich fiel Dieda ein, dass sie zum allerersten Mal allein gingen. Die Frau hielt Diedas linke Hand, sie war anders als sonst, wenn ihre Schwestern dabei waren oder der Alte. Die Sonne schien durch die Bäume, malte Kringel und Streifen auf den dicken Fichtennadelteppich. Dieda setzte vorsichtig einen Fuß vor den anderen. Ihre Beine waren wackelig.

»Meinst du, du schaffst es bis ins Dorf?«, fragte die Frau.

Dieda nickte. Der Boden war so weich, federte bei jedem Schritt ein wenig.

»Du wirst einen Bruder bekommen«, sagte die Frau.

Einen Bruder? Wie konnte sie einen Bruder bekommen, wenn Mama tot war?

»Ich hätte gern einen großen Bruder.« Das war Dieda herausgerutscht, eigentlich war es ein Geheimnis, dieser Wunsch nach einem großen Bruder, einem großen, starken Bruder, vor dem alle davonliefen, der sie verteidigte gegen alle, die ihr etwas antun wollten.

»Ich denke, es wird doch ein kleiner werden«, meinte die Frau. »Am Anfang sogar ein ganz kleiner.« Sie ließ Diedas Hand los, hielt die Hände ungefähr so weit auseinander, dass ein größerer Brotlaib dazwischen Platz gehabt hätte. »Nicht größer als so. Aber er wird wachsen.« Sie legte beide Hände auf ihren Bauch. Wieso hatte Dieda nicht gemerkt, dass ihr Bauch größer geworden war?

«Und Papa?«

»Papa freut sich sehr, dass er einen Sohn haben wird«, sagte die Frau.

Papa würde also einen Sohn haben, und dann würde er seine Tochter gar nicht mehr brauchen, und der Sohn würde eine Mutter haben, die im Haus war und nicht auf dem Friedhof, und die Frau würde seine Mama sein und einen Sohn haben, gemeinsam mit Papa, sie selbst aber... Sie würde einen Bruder haben. Keinen großen, einen kleinen.

»Freust du dich denn gar nicht?«, fragte die Frau.

»Doch«, presste Dieda aus ihrem engen Hals.

»Peter wird er heißen. Und jetzt sollten wir uns wirklich beeilen, sonst ist der Arzt weg.«

Linker Fuß, rechter Fuß. Da war also ein Peter im Bauch der Frau.

»Ich weiß, wie sie Kinder machen«, hatte Annemarie behauptet, die in Wien direkt über ihnen gewohnt hatte. »Er klettert auf sie hinauf und dann pinkelt er in sie hinein.« Dieda schüttelte sich. Ihr Papa würde so etwas nie tun. Das hatte sie Annemarie schon damals gesagt, und Annemarie hatte ganz ekelhaft gelacht und den Kopf zurückgeworfen und erklärt: »Du bist halt noch zu klein.« Wenn es doch Blödsinn war, warum hatte sie es sich gemerkt?

Der Arzt packte Diedas Hand aus, streckte die Finger, das tat wieder scheußlich weh. »Vergiss nicht, die Übungen zu machen«, mahnte er. »Und in Zukunft denk daran, dass man heiße Herdplatten nicht anfassen darf!« Dieda biss sich auf die Lippen. Der hielt sie wohl für blöd. Tat so freundlich und hielt sie für blöd. Sie spürte, wie die Frau neben ihr sich straffte. Die hatte Angst, Dieda könnte sagen, wie es wirklich gewesen war. Vielleicht würde sie es sagen, irgendwann. Nicht heute. Auf dem Platz vor der Schule standen graugrüne Lastwagen mit Planen darauf. Ein offenes Auto fuhr vor, das musste der Jeep sein, von dem Harald geredet hatte. Darin saß tatsächlich ein schwarzer Mann, aber nicht so groß, wie Harald behauptet hatte. Er sprang heraus, lachte Dieda mit ungeheuer vielen weißen Zähnen an. »Hallo«, sagte er.

»Hallo«, antwortete sie. »Mai nahm is Dieda.« Vor der

Frau würde sie ihren anderen Namen nicht sagen.
»My name is Larry», sagte er und lachte wieder. Seine Stimme kam tief aus seinem Bauch, rumpelte und blubberte. Dieda wünschte, er würde weiterreden. Er zog etwas aus seiner Hosentasche, reichte es Dieda. Ein langes schmales Ding, in Silberpapier eingewickelt. Seine Handflächen waren wirklich ganz hell! »That's for you. Chewing gum.« Die Frau zog an Diedas Hand, Dieda blieb wie angewurzelt stehen.
Der Soldat holte noch ein Ding aus seiner Tasche, packte es aus und begann zu kauen, dabei schob er aufmunternd das Kinn vor. Dieda machte es nach. Das Ding schmeckte süß und nach Pfefferminz.
»Don't swallow«, sagte er. Was hieß das? Und warum hatte sie Gretel nicht gefragt, wie man danke sagte auf Englisch? Der Soldat winkte mit einem Finger und ging in die Schule. Er ging auf dem Pflaster, als wäre es weicher Waldboden.
»Man starrt Leuten nicht nach.« Die Frau klang wieder schneidend und kalt. »Und man nimmt nichts von fremden Leuten an.»
Und wenn man von bekannten nichts kriegt?, dachte Dieda. Und sind die Fremden noch Fremde, wenn sie einem etwas geben? Aber sie hütete sich, es zu sagen. Anscheinend genügte es, das zu denken, denn die Frau wandte sich von ihr ab, und auf dem Heimweg war sie so, wie sie in Gegenwart ihrer Schwestern und des Alten war. Fremd, dachte Dieda. Wenn ich das fremde Kind

bin, kann ich auch von fremden Leuten etwas nehmen, von den fremden Leuten, die mir etwas geben.
»Du schaust schon wieder so böse«, sagte die Frau.
Ich bin auch böse, dachte Dieda. Das Ding in ihrem Mund schmeckte nicht mehr süß und nach Pfefferminz.
»Es hat nur mehr wie Gummi geschmeckt«, erzählte sie Harald später.
Er lachte sie aus. »Drum heißt es auch Kaugummi. Tschuhing gamm. Du hast es doch nicht geschluckt?«
»Bin ich blöd?«, fragte Dieda. Natürlich hatte sie es geschluckt. Was sonst? Jetzt hatte sie Gummi im Bauch. Auch gut.

»Ich bekomm einen Bruder«, flüsterte sie Gretel beim nächsten Religionsunterricht zu.
»Woher willst du das wissen?«
»Die Frau hat's gesagt.«
»Die kann das auch nicht wissen«, zischte Gretel zurück. »Kann genauso gut eine Schwester werden. Eine Stiefschwester, weil sie von der Stiefmutter ist. Nein, eine Halbschwester.«
»Eine Schwester wär mir eh lieber.«
«Halbschwester.«
Dieda kicherte. War eine Halbschwester die obere oder die untere Hälfte, die rechte oder die linke Seite? «Was gibt es da zu kichern?«, fragte der Kaplan und ließ Dieda die sieben Todsünden aufsagen.
Gretel und Dieda rannten nach dem Unterricht so schnell

sie konnten voraus. Als sie beide vor Seitenstechen kaum mehr atmen konnten, blieben sie stehen, sahen sich um. Neben dem Weg war eine Brombeerhecke, hinter der Hecke würde Harald sie nicht finden. Sie setzten sich auf zwei Baumstümpfe.

»Wann kommt das Kind?«, fragte Gretel.

»Ich weiß nicht.«

»Das weißt du nicht und willst wissen, dass es ein Bub ist?«

Dieda zuckte mit den Schultern.

»Wenn mein Vater wiederkommt, machen sie vielleicht auch wieder ein Kind«, sagte Gretel. »Wär schon fein. Aber das ist ja dann auch eine richtige Schwester oder ein richtiger Bruder.«

»Hauptsache, es ist ein richtiges Kind«, sagte Dieda. Sie fragte nicht, wie das mit dem Kindermachen ging. Sie wollte vor Gretel nicht dastehen als die Kleine, die gar keine Ahnung hatte.

Gretel wiegte den Kopf. »Eine Halbschwester möchte ich gar nicht haben. Mit der muss man alles teilen, aber sie teilt nichts mit einem. Das hat meine Tante gesagt, und die hat eine, die muss es wissen.«

Alles teilen, das stimmte. Papa war dann nicht mehr nur ihr Papa, er gehörte auch diesem Kind im Bauch der Frau. Wahrscheinlich würde das Kind in ihrem Zimmer schlafen, mit ihren Sachen spielen, Eselsohren in ihre Bücher machen. Aber Opapa und Omi würde sie nicht mit dem Kind teilen müssen. Die gehörten nur ihr. Mit denen war das Kind nicht einmal ein bisschen verwandt. Moment, nein. Mit Papas Vater war das Kind dann auch verwandt. Aber das war nicht so schlimm.

»Das Kind wird bestimmt noch ärger als euer Tommy«, sagte Gretel. »Ein richtig verwöhnter Fratz.«

Dieda stand auf. »Du bist ja nur eifersüchtig, weil ihr kein Kind bekommt.«

Gretel wurde knallrot. »Sei froh, dass du die kaputte Hand hast!«, rief sie drohend.

Sie stampften wütend nebeneinanderher.

Harald kam angerannt. »Ich hab euch überall gesucht!«

»Wir dich auch«, behauptete Dieda. »Was können wir dafür, wenn du so trödelst.«

Schon wieder eine Lüge. Schon wieder eine Todsünde. »Wenn ein Kind lügt, weint sein Schutzengel.« Wer hatte das gesagt? Schwester Felicia? Nein, sie nicht. Irgendwer. Manchmal fragte sich Dieda, ob sie überhaupt einen Schutzengel hatte. Schutzengel führten Kinder auf einem schmalen Steg über gefährlich tosendes Wasser in einer Schlucht. Schutzengel müssten einen doch auch vor Leuten wie dem Alten bewahren und vor heißen Herdplatten! Vielleicht gab es auch bei den Schutzengeln solche und solche, wie Frau Fischer oft von Menschen sagte. Vielleicht bekam ein Kind nur den Schutzengel, den es verdiente.

Dieda rannte los. Wenn sie Glück hatte, konnte sie vor den Gedanken in ihrem Kopf davonrennen. Wenn sie Pech hatte, holten die Gedanken sie ein, warfen sie auf den Boden und setzten sich ihr auf die Brust. An diesem Tag hatte sie Glück.

Endlich eine Karte von Papa. Er komme kaum zum Schlafen vor Arbeit, es gehe ihm gut, sie sollten auf jeden Fall bleiben. Grüße und Küsse. Die Frau lehnte die Karte an eines der Fotos auf der Anrichte, am nächsten Tag war sie nicht mehr da.

Diedas Hand heilte. Die Haut spannte und juckte, bei den Übungen konnte Dieda nur selten ein Stöhnen unterdrücken. Der Arzt sagte, sie sei ein sehr tapferes Mädchen. Mehrmals am Tag musste sie Salbe auf die rote, hässlich glänzende Handfläche streichen. Sie sollte nichts anfassen, es wunderte sie sehr, dass ihr die Arbeiten fehlten, die sie doch gar nicht gern getan hatte. Der Alte vergaß immer öfter, die Schulstunden zu halten, saß mit seiner Zeitung auf den Knien und starrte auf irgendeinen Punkt, wo gar nichts zu sehen war.
Harald und Dieda wurden wieder ins Dorf zum Einkaufen geschickt, manchmal kamen sie mit leeren Taschen zurück, manchmal konnten sie mit großer Geste Köstlichkeiten auf den Küchentisch stellen: eine Art Selchfleisch in Dosen, Schokolade, die wirklich so süß war, wie Harald behauptet hatte, Kondensmilch. Die Frauen verließen nur selten den Garten, und wenn, dann immer zu zweit oder zu dritt. Etwas im Dorf war anders als früher, doch war schwer festzumachen, was sich so sehr

geändert hatte. Einmal kam ein Mann in die Bäckerei, als Dieda mit Harald in der Schlange stand, und sofort verstummten alle Gespräche. Einen so mageren Menschen hatte Dieda noch nie gesehen, seine Augen lagen in tiefen Höhlen, seine Kiefer, sogar die Zähne zeichneten sich durch die Wangen ab. Er ging vorgebeugt. Dieda träumte von ihm und hatte Angst. Als sie Gretel davon erzählte, sagte Gretel, er sei wahrscheinlich aus einem der KZs gekommen.

»Was ist das?«, fragte Dieda. Gretel schaute sie an und begann zu weinen. Dieda hatte Gretel nie zuvor weinen gesehen.

Wenige Tage später sah sie die Buchstabenfolge auf der Titelseite der Zeitung, die der Alte auf dem Tisch hatte liegen lassen. Die Überlebenden aus dem Konzentrationslager Mauthausen... Noch bevor sie den Satz fertig gelesen hatte, stand der Alte hinter ihr, riss die Zeitung an sich.

»Lügen, lauter erbärmliche Lügen!«, rief er.

Du musst dich konzentrieren, sagten sie oft. War doch ein harmloses Wort. Wieso weinte dann Gretel? Wieso wurde der Alte zornig, wie sie ihn noch nie zornig gesehen hatte? Konzentrationslager. Ein neues Wort, das gefährlich war.

Kurz bevor die Amerikaner gekommen waren, waren acht oder zehn Hitlerbilder auf dem Fluss dahergeschwommen, eines hinter dem anderen. Komisch hatte

das ausgesehen, wie eine seltsame Flotte. Gemeinsam mit Harald und Tommy hatte sie sechs davon herausgefischt und auf den Steinen getrocknet. Dann hatten sie Segelschiffchen daraus gefaltet und sie wieder in den Fluss gesetzt. Der Alte war wieder einmal lautlos hinter ihnen aufgetaucht und hatte sie verdroschen, auch Tommy. Er hatte erst aufgehört, als die Frau kam und etwas zu ihm sagte, das Dieda nicht verstand.
Sie verstand überhaupt fast gar nichts mehr, und es gab niemanden, den sie fragen konnte.

Harald fand eine Mappe voll mit vergilbtem Papier auf dem Dachboden. Er schlug vor, eine Kinderzeitung zu machen. Sie sammelten Nachrichten, schrieben Geschichten, Berichte. Tommy zeichnete seine schwarz geringelte Weinbergschnecke für den Sportteil und malte eine dicke Eins daneben, weil sie selbstverständlich wieder Sieger geworden war. Sie hätten die Zeitung gern verkauft, aber da sie nur ein einziges Exemplar hatten, behielten sie es lieber. Nach der dritten Nummer gingen ihnen die Nachrichten aus, weil sie plötzlich nicht mehr ins Dorf gehen durften. Es habe Fälle von Typhus gegeben, sagten die Frauen.
»Was ist das?«, fragte Tommy.
»Eine Krankheit. Eine sehr böse, gefährliche Krankheit. Viele Menschen sind daran gestorben.«
»Auch Kinder?«
»Besonders viele Kinder.«

Solange sie im Garten blieben, ließen die Frauen sie ziemlich in Ruhe. Es war lange her, seit sie beim Arbeiten gesungen hatten. Manchmal kam es Dieda vor, als läge ein Schwerkranker im Haus. Gegen elf Uhr stand immer eine der Frauen am Fenster. Wenn der Briefträger vorübergeradelt war, ohne anzuhalten, zuckte sie mit den Schultern und wandte sich ab. Aber sie warteten nicht nur auf den Postboten. Manchmal saß die Frau in der Küche, auch wenn sie noch nicht fertig war mit Aufkehren, und hielt die Hände über dem Bauch gefaltet. Über dem Bauch, in dem der Halbbruder wohnte. Oder die Halbschwester.

Sooft sie konnte, entwischte Dieda in Frau Fischers Küche, auch wenn sie hinterher dafür bestraft wurde. Hier saßen fast immer Nachbarinnen auf der Eckbank, oft auch bärtige Männer, die Dieda nie zuvor gesehen hatte, tranken Tee aus Apfelschalen und Himmelschlüsselblüten, redeten und lachten. Manchmal allerdings fiel ein Wort, das ganz harmlos daherkam, ein Ortsname wie Ebensee, Mauthausen oder Hartheim, dann fielen Schatten über die Gesichter und die Finger verkrampften sich. Dieda nahm sich vor, Frau Fischer zu fragen, wenn sie einmal allein waren, was das bedeutete, aber dann bekam sie Angst vor den Schatten und aß schweigend, was Frau Fischer vor sie hinstellte.

Die Steine im Fluss wurden so heiß, dass die Fußsohlen brannten, wenn die Kinder darüber liefen. Das Wasser aber blieb kalt; wenn sie nur bis zu den Knöcheln hineinstiegen, schauderte es sie bis hinauf in die Kopfhaut. Sie betrachteten die Gänsehaut an Armen und Beinen, die Härchen, die abstanden wie ein Fell, von der Sonne vergoldet. Ganz hinten im Garten gab es Walderdbeeren. Sie sammelten die herzförmigen Samen des Zittergrases und steckten sie zusammen mit Beeren in den Mund. Sie lutschten die Süße aus roten Kleeblüten und kauten Sauerampfer.

An einem Donnerstag Ende Juli war die Frau nicht in der Küche, als Dieda hinunterkam. Ihre Schwestern liefen aufgescheucht herum, nahmen Dinge auf, stellten sie wieder hin. Auf dem Herd kochte ein großer Topf mit Wäsche und verbreitete einen strengen Geruch.

»Was ist los?«, fragte Harald, sogleich gefolgt von Tommys Echo: »Was ist los?«

»Seht ihr denn nicht, dass wir zu tun haben? Geht raus und macht um Himmels willen keinen Lärm. Vor allem: dass mir keiner von euch aufs Klo geht!« Tommys Mutter führte sie in den Garten, zeigte ihnen den Donnerbalken, den der Alte zwischen zwei Fichtenstämmen angebracht hatte, schärfte ihnen ein, eine Schaufel voll Sand auf ihre Haufen zu streuen. Harald solle gleich einen Eimer voll Sand vom Flussufer holen.

Zuerst fanden sie das alles komisch, allmählich begannen sie zu ahnen, dass etwas ganz und gar nicht in Ordnung war. Außerdem hatten sie Hunger.

Der Arzt kam in seinem schwarzen kleinen Auto angefahren; als er das Haus verließ, begleitete ihn Haralds Mutter. Tommys Mutter und der Alte brachten Brot und Becher voll Hagebuttentee in den Garten. Die Frau sei sehr krank, sagten sie, habe vielleicht sogar Typhus, jetzt müssten alle sehr vernünftig sein und unter gar keinen Umständen den Garten verlassen, sonst müsse man sie im Haus einsperren, sie müssten vor jeder Mahlzeit die Hände waschen und schrubben, nicht nur mit Seife, sondern auch mit Desinfektionsmittel. Tommys Mutter machte die Flasche auf und ließ sie an der scharfen Flüssigkeit riechen. Für den Bruchteil eines Augenblickes war Dieda in Vaters Ordination, dort hatte es so gerochen, nur nicht so sehr in Nase und Augen gebrannt. »Wird sie sterben?«, fragte Tommy und wurde vom Alten streng zurechtgewiesen. So etwas dürfe er nicht einmal denken. Der Gedanke ließ sich nicht verscheuchen.

»Dann hast du zwei tote Mütter«, sagte Tommy zu Dieda, als die Erwachsenen gegangen waren.

»Hör auf!«

Tommy steckte beleidigt den Daumen in den Mund, drehte sich weg. Harald stocherte mit der Schuhspitze in der Erde.

Die Frauen trugen zwei Schemel auf die Terrasse, auf einen stellten sie eine Waschschüssel aus Email, auf den anderen die Flasche, Seife, Bürste und die Becher mit den Zahnbürsten. Der Alte brachte einen Stapel Bücher heraus, sie könnten ja Tommy vorlesen, das würde sie ablenken.

Dieda riss den Band Andersen-Märchen an sich. Die hatte sie von ihrem Opapa bekommen, die durfte der Alte nicht anfassen. Sie hielt das Buch in beiden Armen, drückte es an ihre Brust, bis sie den harten Einband an ihren Rippen spürte.

»Du sollst mir vorlesen!«

»Du bist so was von lästig!«, schimpfte sie, aber im Grunde war vorlesen genau das, was sie jetzt tun wollte, selbst wenn es der Alte vorgeschlagen hatte. »Was willst du hören? Das hässliche junge Entlein? Der standhafte Zinnsoldat? Die kleine Meerjungfrau?«

Er entschied sich für den Zinnsoldaten, lehnte den Kopf an Diedas Schulter, rückte immer näher zu ihr hin, bis er sich in ihren Schoß kuschelte.

Als der Zinnsoldat im Ofen geschmolzen war, heulte Tommy: »Ich will nicht schmelzen! Ich will nicht im Ofen verbrannt werden!«

Gemeinsam bemühten sich Harald und Dieda, ihn zu beruhigen, er hörte nicht auf zu schluchzen, Dieda schrie ihn an, und plötzlich weinte sie mit, versteckte ihr Gesicht in Tommys drahtigem Haarschopf. Als sie endlich aufblickte, sah sie, dass Harald ebenfalls rote, nasse Augen hatte und sich die Nase an seinem Hemdärmel putzte.

Am Abend standen die Frauen neben ihnen und überprüften genau, ob sie sich lange genug mit Desinfektionsmittel wuschen, scheuchten sie an den geschlossenen Türen vorbei in den Oberstock. Dieda meinte, aus dem Schlafzimmer der Frau schwaches Stöhnen zu hören.

Ihr Zimmer schien voll von dem scharfen Geruch. Wenn Papa nur da wäre. Papa würde die Frau gesund machen. Aber Papa war in Wien unter lauter Russen. Sie seien freundlich und kollegial, hatte er geschrieben. Dieda wusste nicht, was kollegial bedeutete.

In der Nacht stand Papa an ihrem Bett. Seine Mundwinkel hingen nach unten, er blickte traurig und vorwurfsvoll, und als er sie nach langer Zeit anredete, war es in einer fremden Sprache und Dieda verstand kein Wort.

Der Arzt kam jeden Tag, blickte düster, wenn er die Gartentür öffnete, und noch düsterer, wenn er mit großen Schritten zu seinem Wagen eilte. Jedes Mal lief eine der Frauen neben ihm her, redete auf ihn ein, und jedes Mal zuckte er nur die Schultern und drehte die Handflächen nach außen. Der Alte saß gebeugt im Liegestuhl auf der Terrasse; wenn die Kinder auch nur einen einzigen Satz mit normaler Stimme sagten statt zu flüstern, zuckte er zusammen.

Jeden Abend zogen die Frauen ihnen die Hemden über die Köpfe und schrubbten sie von Kopf bis Fuß ab, bis ihnen die Haut brannte und wehtat. Dieda erwischte Tommy dabei, wie er mit weit aufgerissenen Augen herüberlinste, als sie nackt dastand, mit zwei Schritten war sie bei ihm und gab ihm eine Ohrfeige. Er war so überrascht, dass er nicht einmal kreischte, seine Mutter packte Dieda und zog sie zurück. Dunkelrot blieben die Abdrücke ihrer fünf Finger an Diedas Arm, wurden blau, gelb und grün und verblassten erst, als die Frau zum ersten Mal mit eingefallenen Wangen unter vielen Decken im Garten lag. Ihre Schwestern mussten sie auf dem kurzen Stück Weg vom Haus links und rechts stützen, nach jedem Schritt hielt sie inne. Dieda pflückte einen Strauß Maiglöckchen und brachte sie ihr, sie lächelte und tätschelte Diedas Hand. Ihr Ehering war viel zu groß geworden, schlenkerte um ihren Finger. Als sei das Lächeln zu anstrengend für sie, hob sich ihre Brust.

»Es ist ein Wunder, dass sie das Kind nicht verloren hat«, sagte der Arzt zu Tommys Mutter. »Wirklich ein Wunder. Fast würde man glauben . . .« Er brach ab. »Jetzt wäre eine ordentliche Hühnersuppe das Richtige für sie...«

Tommys Mutter lachte auf.

Wie konnte man ein Kind verlieren? Ein Kind war kein Taschentuch, kein Haarband, kein Bleistift. War ein Kind nicht festgewachsen im Bauch? Es konnte doch nicht einfach herausfallen, da... da unten. Da würde es sich doch verletzen, den Kopf aufschlagen. Dieda drückte die Fäuste auf die Augen. Das Bild des Babys, von dem die Tante bei Mamas Begräbnis gesprochen hatte, ließ sich nicht wegdrücken.

Ständig sagten sie etwas zu einem. Tu dies, tu das, lass das. Aber über die wichtigen Dinge sagten sie nichts. Nicht einmal, wenn man sie fragte. Wenn man die Worte hatte, mit denen man fragen konnte. Warum ließen sie

einen so entsetzlich allein? Sie waren so viele. Und nur sie gehörte nicht dazu. Nirgends.
Fast hätte die Frau das Kind verloren. Meinen Bruder. Oder meine Schwester.

Dieda durfte nun wieder Milch holen. Frau Hofer saß auf dem Schemel halb neben, halb unter der Kuh mit dem schönen weißen Stern auf der Stirn, die Milch zischte in den Eimer, der Kuhschwanz pendelte hin und her. Dieda kraulte das Kalb in der Nebenbox, es begann an ihrer Hand zu lecken mit seiner rauen Zunge. Dieda bekam eine Gänsehaut. Vor der offenen Stalltür trippelten zwei Hennen hin und her, hackten in den Boden, einer hing ein Wurm über dem Schnabel.
»Wir würden eine Hühnersuppe brauchen«, sagte Dieda leise. »Der Doktor hat gesagt, sie braucht eine Hühnersuppe, weil sie so schwach ist.« Sie wollte noch etwas von dem Kind sagen, aber das ging nicht.
Frau Hofer fragte nicht, wer sie war, nickte nur. »Die alte Weiße legt schon seit Ostern nicht mehr«, sagte sie, als sie die Milchkanne füllte. »Bring morgen einen Topf mit.« Der alte Hofer kam in den Stall gehumpelt, zwinkerte Dieda zu und hängte ihr zwei Kirschenpaare über die Ohren.
Dieda hätte sich gern mit den Ohrringen betrachtet, aber noch größer war ihre Lust auf die prallen roten Früchte. Sie stellte die Kanne neben sich, öffnete die Kirschen, tat anstelle der Kerne Zittergrassamen hinein, lutschte

andächtig. Erst auf den Stufen vor dem Haus sah sie, dass ihre Finger verräterisch rot waren.

Die Frau wollte Kartoffeln schälen. »Ich kann nicht einfach daliegen und nichts tun, während ihr euch plagt.«
»Du geh in den Garten und ruh dich aus. Du bist noch viel zu schwach«, sagten ihre Schwestern.
Dieda brachte ihr Tee. Ihre Knie ragten spitz in die Höhe. Als sie sich aufsetzte, um den Becher entgegenzunehmen, öffnete sich ihr Bademantel, der große Bauch drängte hervor. Ihre Arme und Beine sahen aus wie Äste, geschälte Äste.
Dieda schlich in die Küche, nahm einen Topf und versteckte ihn unter den Büschen neben dem Gartentor.
Sie überlegte hin und her, ob sie Harald mitnehmen oder allein gehen sollte. Einfacher war es bestimmt, wenn sie nur Topf oder Milchkanne zu tragen hatte. Aber am Ende würde Frau Hofer ihr die Suppe gar nicht geben, wenn Harald dabei war?
Sie zog allein los. Auf dem ersten Steilstück holte Harald sie ein. »Wozu brauchst du den Topf?«, fragte er. »Willst du Schwammerl suchen?«
Sie legte den Finger auf den Mund. »Mein Geheimnis.«
Harald behauptete, ein Amerikaner hätte ihn im Jeep mitgenommen.
»Wann soll das gewesen sein?«
»Gestern.«
»Gestern warst du überhaupt nicht weg!«

»Du weißt auch nicht alles«, sagte er.
Sie lachte, hoffte, dass es ein überlegenes Lachen war. Vor der Bank an der letzten Kurve blieb sie stehen. »Du musst hier warten.« Seltsamerweise setzte er sich. Frau Hofer füllte die Milchkanne, ging mit Dieda in die Küche, füllte den Topf bis zur Hälfte mit duftender Suppe. Fleischstückchen und Karotten schwammen zwischen den Fettaugen.
»Die sollen sich nur nicht unterstehen, mir zu danken«, sagte Frau Hofer. Dieda kaute lange an diesem Satz. Sie trug den Topf in beiden Händen, die Milchkanne baumelte schwer an ihrem Arm. Als sie Harald erreichte, stellte sie Topf und Kanne auf die Bank. Der Henkel hatte eine tiefe Rille in ihrem Arm hinterlassen. Harald steckte die Nase in den Topf. »Am liebsten würde ich ihn austrinken«, sagte er.
Sie drohte ihm mit der Faust. Er trug die Milchkanne, sie den Topf. Langsam und vorsichtig gingen sie nach Hause. Harald öffnete die Küchentür, trat zur Seite. Dieda schritt hinein, trug den Topf vor sich her. Die Frauen hoben die Köpfe. Dieda stellte den Topf auf den Herd. «Was hast du da?«, fragte Tommys Mutter.
Dieda antwortete nicht, ging zum Schrank, holte einen Teller, einen Schöpfer, einen Löffel. Alle sahen ihr zu, keiner redete, Haralds Mutter stand da mit erhobenem Kochlöffel und offenem Mund und schaute nur. Dieda zählte lautlos bis hundert, zählte noch einmal bis hundert, zögerte den Moment hinaus, wo alle sie mit

Fragen überfallen würden. Die Fettaugen auf der Suppe begannen zu tanzen. Dieda füllte den Teller und stellte ihn vor die Frau. Die Frau starrte in die Suppe, faltete die Hände vor dem Mund, ihre Augen wurden riesig.
»Danke«, flüsterte sie. »Danke! Wo hast du das her?«
Dieda zuckte mit den Schultern, warf den Kopf zurück.
»Mein Geheimnis.«
»Ich kann doch nicht alleine essen«, sagte die Frau.
»Doch«, sagte Dieda und die Frauen nickten. Alle verfolgten den Weg eines jeden Löffels vom Teller bis zum Mund. Immer noch sprach keiner. Tommy und Harald schluckten immer wieder, man sah es an Kinn und Hals. Der Teller war leer. »Willst du noch?«, fragte Dieda.
Die Frau schüttelte den Kopf. »Nein, danke. Ich kann mich gar nicht erinnern, wann ich etwas so Köstliches gegessen habe. Ich bin wunderbar satt. Jetzt müsst ihr essen.«
»Das ist für dich«. sagte Dieda. Ihr war fast schlecht vor Hunger und von dem verlockenden Duft, der die Küche bis in den letzten Winkel füllte, aber sie fühlte sich großartig. Die Frauen nahmen den Topf vom Herd, stellten ihn auf die Fensterbank. Alle drangen in Dieda zu verraten, wie sie etwas so Kostbares bekommen hatte, aber Dieda blieb dabei, es sei ihr Geheimnis. Sie funkelte Harald an, doch der war offensichtlich sehr zufrieden, als Einziger Bescheid zu wissen.
»Kriegen wir endlich auch was zu essen?«, fragte er und die Frauen schusselten herum und stellten Teller auf den Tisch.

Auch am nächsten Tag aß die Frau von der Suppe und Dieda schaute zu und war zufrieden. Am dritten Tag war der Rest sauer geworden und musste weggeschüttet werden.

»Schade darum«, sagte Harald. »Du hättest nicht so geizig sein sollen.«

Als die Frau wieder im Liegestuhl saß, winkte sie Dieda zu sich. »Dein Bruder hat die Suppe auch sehr genossen. Er boxt jetzt viel stärker in meinem Bauch.«

Diedas Finger zuckten, wollten den Bauch anfassen. Stattdessen rannte sie zur Schaukel und schaukelte wild. Beim Abspringen landete sie in einem Ameisenhaufen und wurde arg gebissen.

Der Alte und die Frau blieben zu Hause, als die anderen zum See gingen. Harald schleppte einen Autoreifen, den sie im Schuppen gefunden hatten. Er ließ sich nicht helfen damit. Dieda freute sich auf den See. Als er vor ihnen lag, sah sie eine Frau in einem Ruderboot, vor der Frau saß ein kleines Mädchen mit einem Strohhut auf dem Kopf. Dieda blieb stehen, Tommy rannte in sie hinein. Genauso hatte ihre Mama mit ihr auf dem See gerudert im Sommer, bevor sie starb. Es gab ein Foto davon, das stand auf Omis Klavier. Mama sah nicht krank aus auf diesem Foto. Gar nicht krank. Glücklich sah sie aus. Ein Jahr lang hatte Dieda das Foto nicht mehr gesehen. Jetzt stand es vor ihr, aber in Farbe, nicht schwarz weiß, und ohne gezackten Rand.

»Komm endlich!«, rief Harald.

Die Kiesel stachen in ihre Fußsohlen, als sie zum Wasser ging. Harald hing schon an seinem Autoreifen, Tommy kreischte: »Hol mich!« Dieda nahm Tommy an der Hand und watete mit ihm zu Harald. Es machte Spaß, wie die Beine hochgetrieben wurden, wenn man sich am Reifen festhielt. Sie strampelten, zappelten und fuhren Ringelspiel im Wasser. Einmal ließ Harald los, hielt sich einen Augenblick über Wasser, dann verschwand er. Luftblasen stiegen hoch, Dieda wollte ihn packen, da stand er prustend und spuckend neben ihr.

»Habt ihr gesehen? Ich kann schon schwimmen!«, schrie er.

Die Frauen wateten ins Wasser und zeigten ihnen, wie sie Arme und Beine bewegen mussten. Es war nicht schwer, solange Dieda eine Hand unter ihrem Bauch spürte; als sie es allein versuchte, sackte sie ab und schluckte so viel Wasser, dass es gluckerte. Tommy legte sich in die Mitte des Autoreifens und krähte vor Vergnügen, als sie ihn hin- und herstupsten. Ein leichter Wind kam auf, kräuselte die dunkle Fläche des Sees.

»Raus mit euch!«, riefen die Frauen. »Ihr seid schon zwetschgenblau!«

»Uns ist nicht kaaaalt!«, behauptete Tommy zähneklappernd.

Dann lagen sie mit ausgebreiteten Armen und gespreizten Beinen auf den warmen Steinen. Dieda drehte den Kopf zum See, das Ruderboot war verschwunden, aber dort, wo das Glitzern ein goldenes Tuch auf den See legte, stand das Foto.

Nester von Glockenblumen zitterten auf den Felsen neben der Straße. Opapa hatte ihr ein Gedicht über die Glockenblumen aufgesagt, Dieda versuchte, sich zu erinnern. Es gelang ihr nicht. Irgendwas mit sieht dich das Märchen an. Wenn Opapa doch da wäre. »Deine Omi spart schon seit Wochen den Zucker, damit sie eine Torte für dich backen kann, wenn du kommst. Vielleicht sehen wir uns schon im Herbst«, schrieb er. Natürlich liebte sie auch ihre Omi, klar liebte sie sie, auch wenn Omi sie selten ansehen konnte, ohne zu weinen. Opapa freute sich, wenn er sie sah, Omi weinte. Omi hatte nie zu weinen aufgehört, seit Mama gestorben war. Nicht, dass ihr immer Tränen übers Gesicht liefen, manchmal weinte sie nur nach innen. Es kam sogar vor, dass sie lächelte, doch das war fast noch trauriger. Immer, wenn Dieda an Omi dachte, hatte sie das Gefühl, dass sie ein herzloses Kind war, wenn sie etwas tat, das Spaß machte, während ihre Mama auf dem Friedhof lag. Auf den Fotos von früher, als Mama noch lebte, sah Omi ganz anders aus, rund und vergnügt, nicht mager und traurig.
Die Frau bat Dieda, ein paar Briefe zur Post zu bringen. Dieda wollte Gretel fragen, ob sie mitgehen wolle, aber da kamen Tommy und Harald angerannt. Sie liefen am Fluss entlang, steckten hier und dort eine Walderdbeere in den Mund, kickten Zapfen vor sich her. In einer Bie-

gung flog ein Zapfen sehr hoch. In dem Moment schrie Tommy auf, einen Augenblick später stand ein riesiger schwarzer Amerikaner vor ihnen, sah drohend auf sie herab, hielt mit einer Hand den Zapfen in die Höhe und mit der anderen Tommys Arm und sagte etwas Unverständliches. Tommy riss sich los, klammerte sich an Dieda. Ihr Herz klopfte wild. Aber sie musste etwas tun. »Gut Mohr«, stotterte sie. «Mai nähm is Dieda.« Nein, das war nicht richtig. Nach dem guten Mohren kam noch etwas. »Gut Mohring.» Das klang wie Ohrring. Der Soldat begann zu lachen. Ganz tief aus der Brust lachte er. »Good morning«, sagte er. Hinter ihm sah Dieda ein Mädchen, das sich die Bluse zuknöpfte. Das Mädchen kannte sie doch, auch wenn ihr der Name nicht einfiel. Das Mädchen war rot im Gesicht; als es fertig war mit Zuknöpfen, blieb oben ein Knopfloch übrig. »Was starrst du so?«, fragte das Mädchen.
»Sie sind schief geknöpft«. sagte Dieda.
»Frecher Fratz!« Das Mädchen befingerte seinen Ausschnitt, stellte fest, dass ihm tatsächlich ein Fehler passiert war. Unwillig wandte es sich ab; als es sich wieder umdrehte, war die Bluse in Ordnung.
»Good morning heißt guten Morgen und jetzt ist es fast vier«, sagte das Mädchen streng. Es biss sich auf die Lippen.
Der Mann trat nahe an Dieda heran. »Nix sagen Mama?» Das klang wie eine Frage, war aber keine.
»Nix sagen«, bestätigte Dieda. Der Mann legte eine Hand

auf Haralds Schulter. »Du?«
»Nix sagen«, wiederholte Harald.
»Okay, friend. Off you go.« Er machte eine Handbewegung, die alle drei lostraben ließ. Erst an der Brücke blieben sie stehen, lehnten sich übers Geländer.
»Jetzt weiß ich, wie sie heißt«, sagte Harald.
Dieda fauchte ihn an. »Vergiss es!«
»Was haben die gemacht?«, fragte Tommy.
Harald wurde rot. Tommy fuhr fort: »Sie ist auf seinem Schoß gesessen und er hat sie abgeschleckt.«
»Woher willst du das wissen?«, fragte Dieda streng.
»Ich bin vorgelaufen. Da hat er mich gepackt.« Er schob die Unterlippe immer weiter vor. Gleich würde er heulen.
»Ist ja gut«, sagte Dieda schnell. Tommy begann zu kichern. »Ich hab geglaubt, er frisst sie auf.«
»Geküsst hat er sie«, sagte Dieda.
»Mit offenem Mund? Weißt du, wie groß sein Mund ist?« Er streckte die Hände aus, so weit er konnte. »So groß!«
»Quatsch«, sagte Harald. »Leute küssen sich eben.« Bis zum Postamt vermied er es, Dieda anzusehen.
»Er hat sie abgeschleckt, als ob sie ein Eis wäre!«, beharrte Tommy. »Mit seiner langen Zunge! Auch am Hals.«
»Jetzt reicht's«, sagte Dieda. »Und du hältst den Mund, verstanden? Du erzählst nichts davon zu Hause.« Tommy schüttelte sich. »Meine Mama tut so etwas nicht. Abschlecken - ist ja grauslich!«
Zurück gingen sie auf der Straße.
Beim Zähneputzen fing Tommy wieder zu kichern an,

streckte seine Zunge heraus, so weit er konnte.
Dieda wollte nicht darüber nachdenken, ob ihr Papa mit der Frau auch solche Sachen gemacht hatte. Je mehr sie nicht darüber nachdenken wollte, umso mehr tat sie es. Sie riss die Augen auf, so weit sie konnte, um nicht einzuschlafen und womöglich davon zu träumen.
Die Sonne weckte sie auf. Sie hatte geschlafen; wenn sie geträumt hatte, so wusste sie nichts davon. Sie stand leise auf und ging in den Garten. Ein winziger Grasfrosch hüpfte vor ihr über die Wiese. Im Nussbaum keckerten die Eichhörnchen. In den Spinnennetzen zwischen den Zaunlatten glänzten Tautropfen. Im blauen Himmel jagte ein Wolkenhund mit fliegenden großen Ohren hinter einer Schäfchenwolke her.

Die Frau saß nicht mehr in den Bademantel gehüllt im Liegestuhl, sie arbeitete wieder in der Küche, strickte, nähte, nagelte sogar neue Sohlen an kaputte Schuhe, aber ins Dorf ging sie nicht. Ihr Bauch war jetzt riesig, spannte ihre Kleider; Arme und Beine aber staken wie Stöcke heraus. Einmal sah Dieda ganz deutlich, wie sich der Bauch unter dem dünnen Stoff bewegte. Die Frau bemerkte ihren Blick. »Das war dein Bruder, der turnt.«
Abends im Bett legte Dieda die Hände auf ihren eigenen Bauch. Plötzlich spürte sie etwas, das sich bewegte. Sie erschrak. Es konnte doch nicht sein, dass sie auch etwas in ihrem Bauch trug! Sie klopfte mit den Fingern auf die Haut. Ganz sicher, etwas hatte sich bewegt.

Noch vor dem Frühstück rannte sie ins Nachbarhaus, es war ihr gleichgültig, ob jemand sie sah. Sie hämmerte an die Tür. Frau Fischer öffnete im Nachthemd, die Haare hingen ihr über die Schultern.
»Was ist denn los, wie siehst du aus, komm rein!«
Erst als Dieda auf der Küchenbank saß, flüsterte sie: »Ich... ich hab was dadrinnen!« Sie zeigte auf ihren Bauch. Frau Fischer begann zu lachen, hielt sich die Hand vor den Mund, wurde ernst, setzte sich neben Dieda, legte ihr den Arm um die Schultern. Dieda spürte ihre weiche Brust, ihre Wärme. »Natürlich hast du was dadrinnen«, sagte sie. »Dein Herz, deinen Magen, deine Leber, alles, was du so brauchst zum Leben. Im Bauch sind die Därme, da rumort es manchmal ganz wild, alles, was du gegessen hast, muss da durch, dein Körper holt sich heraus, was für ihn gut ist, und der Rest wird herausgepresst und geht ins Klo.«
»Du meinst, ich krieg kein Kind?«
»Nein, du kriegst kein Kind. Zum Kinderkriegen braucht man einen Mann, und überhaupt bist du viel zu jung dafür. Du hast zwar schon hunderttausend winzige Eier tief drinnen in dir, aber die müssen erst reif werden.«
Dieda kicherte. »Eier? Wie eine Henne?«
»Nicht ganz«, sagte Frau Fischer. »Aber, na ja, schon irgendwie ähnlich. Nur viel, viel kleiner. Nicht einmal so groß wie ein Stecknadelkopf.«
Unreife Eier, dachte Dieda. Sind unreife Eier wie unreife Kirschen, hart und grün?

»Schleppen deswegen die Ameisen ihre Eier an die Sonne, damit sie reif werden?«, fragte Dieda.
Frau Fischer legte beide Hände an die Nasenflügel. »Also ehrlich gesagt, mit Ameisen kenne ich mich überhaupt nicht aus. Warum fragst du denn nicht deine Mama, die hat schließlich studiert.«
»Meine Mama ist tot«, sagte Dieda und rückte ein Stück ab. Etwas kratzte in ihrem Hals, drückte in ihrem Bauch. Frau Fischer nickte, zog Dieda wieder an sich, hielt sie eine Weile ganz still. »Die Eier in den Bäuchen von Frauen, die muss man nicht an die Sonne schleppen, die werden dadrinnen reif, man muss gar nichts dazu tun.«
Dieda schüttelte sich. »Dann liegen die Eier neben dem ganzen Gaga? Wie auf dem Misthaufen?«
Jetzt lachte Frau Fischer und legte nicht die Hand auf den Mund. »Das ist doch alles ordentlich verpackt in den Därmen, das schwimmt nicht einfach so in dir herum! Wenn ich bloß wüsste, wo dieses Buch hingekommen ist, meine Mutter hatte so ein Doktorbuch, da hat man alles schön gesehen. Dein Papa könnte das alles viel besser erklären.«
Gretel kam gähnend und zerstrubbelt in die Küche. »Was gibt's?«, fragte sie.
»Kaffee«, sagte Frau Fischer. Dieda war dankbar, dass sie Gretel nicht erzählte, worüber sie gesprochen hatten. »Ich glaub, ich muss jetzt hinübergehen. Leider.«
Sie hatte Glück, die Frauen waren eben erst aufgestanden und hatten sie noch nicht vermisst. Komischer Gedanke,

dass jede von ihnen hunderttausend winzige Eier in sich trug, und sie selbst auch. Sie hatte also etwas mit ihnen gemeinsam. Eigentlich passte ihr das gar nicht. Sie wollte nicht so sein wie die. Sie war auch nicht so, bestimmt nicht. Immerhin hatte sie etwas, das Harald und Tommy und erst recht der Alte nicht hatten. Wenn Tommy das nächste Mal von der Brücke in den Fluss pinkelte und dabei so siegessicher zu ihr herüberblickte, so ich-kann-etwas-das-du-nicht-kannst, dann würde sie ihn ganz mitleidig anschauen und sagen: Dafür hab ich was, das du nicht hast, nicht bloß so einen kleinen Gartenschlauch. Außen Haut und innen Scheiße. Scheiße durfte man nicht sagen, da bekam man sofort den Mund mit Seife ausgewaschen. Sagen durfte man es nicht und innen war man voll davon.

»Warum grinst du?«. fragte Harald.

»Nur so.«

Wenn sie wieder zu Hause war, musste ihr Papa erklären, wie ein Mensch innen aussah. Der wusste es schließlich am besten. Eigentlich war es ein Glück, dass außenrum Haut war. Sonst würde es schauerlich stinken im ganzen Haus.

Seit die Frau nicht mehr krank war, saß der Alte wieder auf seinem Königsthron und sein Wort galt. Die Töchter widersprachen ihm fast nie. Ihre Stimmen klangen anders, wenn sie mit ihm redeten.

Er hielt wieder Schulstunden ab. »Wir müssen nachho-

len, was wir versäumt haben«, entschied er.
Die Schulstunden machten sogar Spaß, das wunderte Dieda. Er erzählte vom Kreislauf des Wassers und wie die Menschen vor hunderttausenden von Jahren gelebt hatten. Er ging mit ihnen in den Wald, schnitt einen trockenen Baumschwamm ab und zeigte ihnen Feuersteine. Nach vielen vergeblichen Versuchen gelang es ihnen, den Baumschwamm zum Glühen zu bringen. Er suchte mit ihnen Pilze und prägte ihnen den Unterschied zwischen essbaren und giftigen ein. Beim Diktat oder beim Rechnen kam es vor, dass er Dieda lobte und Harald ermahnte, sich mehr zu bemühen, er wolle sich doch nicht von einem Mädchen übertrumpfen lassen. «Mir doch wurscht«, flüsterte Harald jedes Mal, aber so leise, dass ihn der Alte nicht hörte. Außerhalb der Schulstunden blieb er gefährlich, aber den Krieg gegen die Eichhörnchen hatte er aufgegeben. Vielleicht, weil der andere Krieg zu Ende war und er diesen nicht auch noch verlieren wollte.

Dieda wusste nicht, was sie geweckt hatte. Sie lauschte angestrengt, hörte nichts. Ihre Blase drückte. Es half nicht, wenn sie ganz still lag. Sie kroch aus dem Bett, schlich die Treppe hinunter. Kein Laut aus dem Schlafzimmer der Frau. Sie hatte Durst, öffnete die Küchentür. Wieso hatte sie nicht auf den Lichtstreifen unter der Tür geachtet? Da saßen der Alte und Tommys Mutter, vor ihnen standen dampfende Teebecher.

»Was suchst du?«, herrschte der Alte sie an. «Du wolltest doch nicht wieder stehlen?«
»Ein Glas Wasser«.
Der Alte schob sein Kinn in Richtung zur braunen Kanne, in der sie noch am Abend das Wasser vom Brunnen geholt hatte.
»Willst du vielleicht auch eine Tasse Tee?«
Die Frage überrumpelte Dieda, sie konnte nur krächzen: »Ja, bitte!«
Tommys Mutter sprang auf, füllte einen Becher Tee, gab zwei ganze Löffel Zucker hinein, rührte sogar um, schob Dieda den Becher hin, wartete, bis sie sich gesetzt hatte, dann erst sagte sie: »Wir haben deine Mutti ins Krankenhaus bringen müssen.« Sie nahm Diedas Hand, streichelte sie. Wie rau ihre Finger waren. »Mach dir keine Sorgen. Es wird schon alles gut gehen.«
Dieda nickte. Von der Küchendecke ließ sich eine Spinne herab, zappelte über dem Kopf des Alten. Tommys Mutter hatte dunkelrote Flecke an beiden Seiten ihres Halses. Ein Kochlöffel steckte verkehrt im Krug auf dem Regal. In der linken oberen Ecke des Fensters wehte ein Zweig hin und her. Dieda nahm einen Schluck Tee, verbrannte sich den Gaumen. Eine Uhr tickte laut. Wo war die? Als Dieda aufstand und hinausging, hörte sie den Alten sagen: »Es ist ihr völlig gleichgültig. Das Mädchen hat kein Herz.«
Mutti im Krankenhaus. Mama war im Krankenhaus gewesen und war nicht wiedergekommen. Bitte, sagte sie lautlos. Bitte. Sie soll nicht sterben. Lieber Gott, mach,

dass sie nicht stirbt. Bitte. Müde bin ich, geh zur Ruh. Heilige Maria Mutter Gottes. Bitte.

»Habt ihr Papa angerufen?«, fragte sie, als sie am Morgen hinunterkam.

»Wir wissen ja noch gar nichts«, sagte Haralds Mutter. »Es kann durchaus ein falscher Alarm sein, dann haben wir ihn völlig unnötig beunruhigt.«

Sie wollen Papa nicht hier haben, fuhr es durch Diedas Kopf. Er stört sie. Aber Papa kann ihr helfen. Papa muss ihr helfen. »Ich will aber, dass Papa kommt!«

Der Alte baute sich vor ihr auf. »Was du willst, interessiert im Augenblick keinen Menschen.«

Dieda schrie: »Mein Papa muss kommen!«

Der Alte holte aus, erstarrte mit erhobener Hand.

»Raus!«

»Papa...«

Haralds Mutter schob Dieda aus der Küche. »Reiß dich zusammen! Du kannst einen wirklich krank machen.«

Sie hockte lange auf der Treppe, umarmte ihre Knie. Du kannst einen wirklich krank machen. Du kannst einen wirklich krank machen, krank machen, krank machen. Sie war schon wieder schuld.

Als sie Schritte näher kommen hörte, lief sie hinüber zu Frau Fischer. Das Tor war abgesperrt.

Eine endlos lange Zeit wartete sie hinter den Büschen, Frau Fischer kam nicht zurück. Das Beste wäre, wegzugehen. Aber wohin? Weg, einfach weg. Niemand würde sie vermissen.

Haralds Mutter trat auf die Straße, ging mit schnellen Schritten an Dieda vorbei, ohne sie zu sehen. Der Alte hackte Holz, sie hörte die rhythmischen Schläge. Jetzt konnte sie hinauf in ihr Zimmer schleichen und ihren Regenmantel holen.

Keine Stufe knarrte. Niemand fragte, was sie vorhatte. Sie schlug den Weg ins Dorf ein. Immer wieder meinte sie, Schritte hinter sich zu hören, aber wenn sie sich umdrehte, war da niemand. Die Straße blendete sie. Autos fuhren vorbei, Armeelaster und Jeeps, einmal musste sie in die Brennnesseln ausweichen. Sie kletterte die Böschung hinunter, um die rote juckende Haut im Fluss zu kühlen. Das Wasser war so kalt, dass es brannte. Sie hielt die Hände hinein. An den Härchen am Handgelenk bildeten sich Luftblasen, stiegen auf, tanzten flussabwärts. Schön sahen sie aus.

Dieda zog ihr Kleid aus, faltete es ordentlich, legte Mantel und Kleid auf einen großen Stein, beschwerte sie mit einem zweiten. Sie stapfte zu einer Stelle, wo der Fluss tiefer war. Wenn man sie da fand, würde das Wasser über ihr Gesicht strömen, ganz friedlich würde sie daliegen zwischen den Steinen und den Forellen, und dann würde es ihnen allen leid tun. Ein scharfer Kiesel stach sie in die Fußsohle, sie verlor das Gleichgewicht, klammerte sich an einem Stein fest. Langsam ließ sie sich ins Wasser gleiten, sandte einen Blick zurück auf den Berg, schnäuzte sich in zwei Finger, wie es die Buben machten, und legte sich hin. Die Wedel einer Wasserpflanze

streichelten ihre Wange. Wie lange dauerte es, bis man tot war? Wo war jetzt das Auge Gottes?
Prustend und spuckend richtete sie sich auf. Sie fror furchtbar.
Nicht einmal das kann ich. Gar nichts kann ich.
Sie ließ sich auf die warmen Steine am Ufer fallen. Die nasse Wäsche klebte kalt an ihrer Haut. Aber sie konnte doch nicht die Unterhose ausziehen und das Unterhemd. Eigentlich war es auch egal. Sie würde ohnehin nie wieder nach Hause kommen, nie wieder in den Religionsunterricht gehen. Niemanden würde es kümmern, wenn sie unanständig nackt dastand. Sie tat es trotzdem nicht, zitterte in den nassen Sachen. Aus den Haaren liefen Rinnsale über ihre Schultern. Sie drehte sich auf den Bauch, versteckte das Gesicht in den Armen.
Hunger hatte sie auch. Man konnte doch nicht Hunger haben, wenn man tot sein wollte. Oder war das die Traurigkeit, die in ihrem Magen krampfte? Hunger und Traurigkeit fühlten sich so ähnlich an.
Die Sonne war angenehm auf der Haut, bis sie ganz unvermutet anfing zu brennen und zu stechen.
Dieda zog das Kleid über den Kopf, nahm den Mantel und kletterte hinauf auf die Straße. Schuhe und Socken zog sie erst oben an.
Am Himmel kreiste ein Raubvogel, bewegte nur ganz selten seine riesigen Schwingen. Sie fühlte sich beobachtet, ging mit gesenktem Kopf, zählte ihre Schritte. Das Wandern ist des Müllers Lust, hatten sie oft gesungen.

Nein, das Wandern war keine Lust, und sie war kein Müller.
Als sie das Dorf erreichte, ging sie nah an den Häusern entlang, war froh, dass sie keinen bekannten Menschen sah. Sie kam zum Bahnhof, setzte sich auf eine Bank. Ein Güterzug ratterte vorbei, sie spürte das Beben bis in die Fußsohlen, spürte den Sog des Fahrtwindes. Wenn sie jetzt aufstand, brauchte es nur einen ganz kleinen Schritt, sie müsste gar nichts tun, sich nur fallen lassen. Sie blieb sitzen.
Leute kamen zum Schalter, kauften Billetts, schwatzten mit dem Mann mit der roten Kappe. Sie hatte kein Geld, konnte keine Fahrkarte nach Wien kaufen. Wenn sie einfach einstieg? Wenn sie sich auf dem Klo versteckte, unter dem Sitz, im Gepäcksnetz?
Der Mann mit der roten Kappe schaute zu ihr herüber. Nein, ohne Fahrkarte konnte sie nicht in den Zug steigen, der eben einfuhr. Eine Frau hob einen Koffer in den Waggon, dann ein Mädchen, zuletzt stieg sie selbst ein mit einem Baby auf dem Arm. So viele Leute stiegen ein. Manche winkten noch aus dem Fenster.
Als der Zug abgefahren war, ging der Mann mit der roten Kappe an ihr vorbei, hatte schon die Tür mit der Aufschrift »Fahrdienstleiter« geöffnet, da drehte er sich um und kam zurück. »Na, kleines Fräulein, wohin wollen wir?«
»Zu meinem Papa.« Das war ihr herausgerutscht. Das hatte sie nicht sagen wollen.

»Wo ist dein Papa?«
»In Wien.«
»Und deine Mama?«
Sie schüttelte den Kopf.
Seine Schuhe glänzten. Er tappte mit dem linken Fuß auf den Boden. «Komm!«, sagte er.
Er führte sie in einen Raum mit vielen Hebeln und Schaltern, öffnete eine Lade, nahm ein Päckchen heraus, wickelte es auf, reichte Dieda ein Butterbrot. Sie zögerte.
»Na, nimm schon. Du hast doch Hunger, ich seh dir's an.«
Zwischen den Brotschnitten schimmerte hellgelbe Butter. Dieda nahm das Brot, flüsterte: »Danke!«
Er sah zu, wie sie kaute, schluckte, kaute. »Wie heißt du denn? Mir scheint, ich kenne dich doch.«
Sie rannte davon, hetzte die Straße hinauf, hinaus aus dem Dorf. Den letzten Bissen hielt sie noch in der Hand.
Auf der Kuppe musste sie stehen bleiben, sie bekam keine Luft mehr, presste eine Hand gegen die stechende Seite.
Langsam ging sie weiter.
Jetzt wussten die schon, dass sie weg war. Jetzt würden sie zur Gendarmerie gehen und sie suchen lassen. Gar nicht würden sie sie suchen lassen. Froh würden sie sein, dass sie sie los waren. Wenn die Frau im Krankenhaus erfuhr, dass sie weg war, würde sie vielleicht einen Moment lang traurig sein. Aber sie bekam ja ihr eigenes Kind. Da brauchte sie Dieda sowieso nicht. Und Papa hatte dann auch das neue Kind. Niemand brauchte sie.

Opapa schon. »Ich hab gar nicht gewusst, wie schön es ist, Großvater zu sein«, hatte er einmal gesagt. Ohne sie war er kein Großvater. War er noch ein Vater, obwohl Mama gestorben war, seine einzige Tochter? Er würde sehr traurig sein. Ihm würde sie schreiben. Sonst niemandem. Er hatte sie nicht im Stich gelassen. Er hatte nicht zu ihr kommen können. Er hatte in Wien bleiben und ins Büro gehen müssen, obwohl er schon so alt war. Außerdem war kein Platz im Haus. Die Frau hatte es mit ihrer Familie angefüllt, mit ihrem Vater, ihren Schwestern, ihren Neffen. Jetzt konnten sie es für sich alleine haben. Harald würde ihre Bücher bekommen und Tommy ihren Teddybären. Schade, dass sie den nicht mitgenommen hatte.

Ganz langsam und in winzigen Bissen aß Dieda den Rest von ihrem Brot. Neben der Straße standen Heuschober. Sie konnte in einen hineinkriechen und da schlafen. Im Heu war es warm. Ihre Füße taten weh. Bis zu der Kurve vorne gehe ich noch, dort ist auch ein Heuschober.

Sie achtete nicht auf das Hufgeklapper, bis es plötzlich aufhörte und Herr Tasch rief: »Ja, was treibst denn du da?«

Sie rannte wieder los, er aber sprang vom Wagen und hatte sie nach wenigen Schritten eingeholt. Er packte ihre Schultern, schüttelte sie. Plötzlich zog er ein Taschentuch heraus, putzte sich geräuschvoll die Nase, nahm ihre Hand und ging mit ihr zum Wagen. Er tätschelte die Stute, zog einen kleinen grünen Apfel aus der Tasche und gab ihn ihr. Dieda spürte den warmen Pferdeatem am Hals, dann hob Herr Tasch sie auf den Kutschbock und schnalzte mit der Zunge.

»In dem Korb hinter dir müsste noch eine Semmel sein«, sagte er. Heute nahmen alle an, dass sie Hunger hatte. Und sie hatten ganz Recht. Kauen war tröstlich. Der Pferdegeruch der Decke, die ihr Herr Tasch auf die Knie legte, war tröstlich. Die Angst kam erst wieder, als sie an der Stelle vorbeifuhren, wo das Hotel gestanden war. Die Fahrt war viel zu kurz.

»Du wartest«, sagte Herr Tasch zu seiner Stute, als er vor dem Haus Halt machte. Er nahm Diedas Hand, drückte sie, während er mit der anderen Hand an die Tür klopfte. Der Alte öffnete. »Was in aller Welt. . . «, begann er, aber Herr Tasch stellte einen Fuß in die Tür und unterbrach ihn. »Sie wird schon gewusst haben, warum sie es hier nicht aushält, und wenn ich höre, dass Sie sie bestraft haben, dann...

»Was erlauben Sie sich?«, rief der Alte.

»Ich werd mir noch mehr erlauben, und ich hätte mir schon längst mehr erlauben müssen«, sagte Herr Tasch. Hinter dem Alten tauchten die Schwestern auf. Er schrie etwas von Gesetzen und Hausfriedensbruch.

»Gott sei Dank gibt es wieder Gesetze in diesem Land«, sagte Herr Tasch. »Ich wünsch einen guten Abend und vergessen Sie nicht. . .« Draußen wieherte die Stute. Der Alte ließ sich in einen Sessel fallen. »So eine Frechheit ist mir noch nicht untergekommen«, sagte er, aber seine

Stimme klang nicht wie sonst. »Nie wieder werde ich mit ihm fahren.«

»Mit wem willst du dann fahren?«, fragte Haralds Mutter und hielt sich sofort erschrocken die Hand vor den Mund. Das war wahrscheinlich die dreisteste Bemerkung, die sie sich ihrem Vater gegenüber je erlaubt hatte. Harald und Tommy donnerten von oben herunter, rannten Dieda fast nieder.

»Ich bin nur froh, dass deine Mutti noch nichts davon weiß«, sagte Haralds Mutter. »Sie könnte jetzt keine Aufregung vertragen.«

»Hast du Hunger?«, fragte Tommys Mutter.

Dieda schüttelte den Kopf. Sie hatte tatsächlich keinen Hunger, die Frage nach der Frau brannte ihr im Hals und ließ sich nicht aussprechen. Alle schauten sie ver wundert an.

»Es ist ihr offenbar ganz gleichgültig, wie es ihrer Mutti geht«, sagte der Alte. Tommys Mutter wandte sich Dieda zu. »Wir haben gefürchtet, das Baby kommt zu früh, aber es scheint sich wieder alles beruhigt zu haben. Sie muss nur ein paar Tage im Krankenhaus bleiben.«

Der Alte machte eine unwillige Bewegung und stapfte aus der Küche. Dieda war plötzlich so müde, dass sie sich kaum auf den Beinen halten konnte. In der Nacht träumte sie, der Alte ginge mit einem Messer auf sie los, aber da kam Herr Tasch und entwand ihm das Messer.

Der Alte wich Dieda aus. Das Mädchen ist gefährlich,

hatte er gesagt. Jetzt spürte sie, dass sie für ihn gefährlich werden konnte, sie wusste nur nicht wie, aber es gab ihr ein schwindliges Gefühl, fast wie das, wenn sie eine steile Wiese hinuntergekugelt war.

Die Frau kam aus dem Krankenhaus zurück, sie lag wieder stundenlang im Liegestuhl auf der Wiese, manchmal redete sie mit Dieda und das war schön. Trotzdem konnte Dieda sich nicht entschließen, an sie als Mutti zu denken. »Deine Mutti« sagten die anderen, wenn sie von ihr sprachen. Dieda vermied es nach wie vor, sie direkt anzureden.

Gretel behauptete, in zwei Wochen würde die Schule wieder beginnen, richtige, normale Schule mit richtigen, normalen Lehrerinnen. Schon in den nächsten Tagen würden die letzten Soldaten das Lazarett verlassen. Dieda freute sich auf die Schule, freute sich auf ihre Lehrerin.

Da kam ein Brief von Papa. Sie sollten sich so bald wie möglich auf den Weg nach Wien machen. Es sei besser, sein Sohn komme in Wien zur Welt.

Im Haus brach Chaos aus. Die Schwestern der Frau packten, scheuchten die Kinder herum, packten wieder aus, was sie eben eingepackt hatten. Der Alte und Tommys Mutter würden vorläufig hier bleiben, Haralds Mutter wollte die Frau begleiten und möglichst bald zurückkommen.

»Wie schön, dass du zu deinem Papa fahren kannst«, sagte Frau Fischer.

Dieda nickte. Sie freute sich, trotzdem weinte sie in

Frau Fischers Brust beim Abschied. Sie hätte Gretel gern umarmt, aber sie reichten einander nur die Hände. »Mach's gut.«
Als Dieda am letzten Morgen die Zähne putzte, blickte ihr aus dem Sieb im Abguss das Auge entgegen. Das große Auge, das immer starr auf sie gerichtet blieb, das nie blinzelte, nie zwinkern musste.
Die Buben, der Alte und Tommys Mutter winkten ihnen nach, als sie mit Herrn Tasch wegfuhren. Der Berg mit der großen Nase glänzte in der Morgensonne. Die Glockenblumen leuchteten blauer als je zuvor. Wie konnte man mit den Augen Blumen für einen anderen Menschen mitnehmen?

Der Zug war voll. Die Frau saß auf einem Koffer, immer wieder bewegten sich ihre Nasenflügel und ihre Hände verkrampften sich. Dieda hockte auf einem Rucksack, presste die kleine Tasche mit ihrem Teddy, den Andersen-Märchen, drei besonders schönen Schneckenhäusern und einem von den Glassteinen aus dem Garten an sich. Immer wieder stieg jemand über sie auf dem Weg zum Klo, einmal trat ein Mann mit schweren Schuhen auf ihren Fuß.
Plötzlich blieb der Zug stehen. Die Leute wurden unruhig, drängten zum Fenster. »Was ist jetzt schon wieder? Weit und breit kein Bahnhof.»
Dieda spürte ihre volle Blase, hatte gleichzeitig schrecklichen Durst. Die Frau stöhnte leise. Ihre Schwester

beugte sich über sie, und Dieda hörte sie flüstern: »Was mach ich nur, wenn das Kind jetzt kommt?» Die Schwester streichelte ihre Schulter. »So dumm wird es nicht sein. Du wirst sehen, es wartet, bis es in einem schönen weißen Bett auf die Welt kommen kann.«

Ein alter Mann begann zu schimpfen, es sei doch wirklich unverantwortlich, in dem Zustand in einen Zug zu steigen und anderen Leuten Scherereien zu machen. Haralds Mutter schaute ihn böse an, Dieda war ausnahmsweise einer Meinung mit ihr und warf ihm einen vernichtenden Blick zu. Es freute sie, dass er zu Boden sah und nur mehr unverständlich vor sich hinbrabbelte.

Die Fahrt ging weiter. Als Dieda sicher war, dass sie keinen Augenblick länger warten konnte, blieb der Zug wieder stehen, die Türen wurden aufgerissen. »Alles aussteigen!« In ihrer Not hockte sich Dieda direkt auf dem Bahnsteig hin. Sie war nicht die Einzige.

Soldaten prüften die Papiere der Leute, manche ließen sie zur Seite treten. Haralds Mutter nagte an ihrer Unterlippe, die Frau setzte einen Fuß vor den anderen, schaute nicht links und nicht rechts.

Sie überquerten eine Brücke. Tief unten floss leuchtend grünes Wasser ohne Wirbel, ohne Wellen. Dieda stolperte. Am anderen Ende der Brücke waren wieder Soldaten.

»Hoffentlich lassen uns die Russen durch«, flüsterte Haralds Mutter der Frau zu.

Das waren also Russen. Dieda hatte sich Russen irgendwie anders vorgestellt, wie, wusste sie nicht.

Die Russen betrachteten die Papiere länger und genauer, manchmal studierten sie eine Liste, die auf einem kleinen Tisch neben dem Weg lag. Hinter dem Tisch standen viele Leute zwischen zwei Soldaten, die ihre Gewehre auf sie richteten. Dieda betrachtete die Gesichter der Soldaten. Sie sahen nicht aus, als würden sie schießen. Wie sah jemand aus, der gleich schießen würde? Einer spürte Diedas Blick und lachte ihr zu. Er hatte einen goldenen Zahn.

Auf der anderen Seite wartete kein Zug. Ein alter Mann überließ der Frau seinen Sitzplatz auf einer Bank, Haralds Mutter lief mit vielen anderen zum Bahnhofsvorstand, um sich zu erkundigen, wann ein Zug nach Wien ginge.

»Stell dir vor«, berichtete sie, als sie zurückkam, »er hat einfach gesagt, das wüsste er selbst gern! Aber jemand hat gemeint, auf einem Nebengleis steht ein Transportzug, vielleicht können wir da mitkommen. Ist es dir recht, wenn ich fragen gehe?«

Die Frau nickte. Schweißtropfen standen auf ihrer Stirn, obwohl ein kühler Wind wehte.

»Soll ich dir Wasser holen?«, fragte Dieda.

»Das wäre wunderbar.« Die Stimme der Frau klang dünn.

Dieda rannte los. Unterwegs fiel ihr ein, dass sie kein Glas hatte. Sie lief zum Bahnhofsvorstand, stotterte ihre Bitte. Er wandte sich ab, reichte ihr einen Becher, der aussah, als hätte jemand daran genagt.

»Dass du ihn wieder zurückbringst!«, sagte der Mann.

Dieda füllte den Becher, Wasser schwappte über, als sie ihn der Frau reichte.
Haralds Mutter kam. »Schnell! Er fährt gleich los.«
»Ich hab versprochen, den Becher zurückzubringen!«
»Ich bitte dich! Lass ihn einfach auf der Bank stehen.«
Dieda schüttelte den Kopf, rannte los, bevor Haralds Mutter sie zurückhalten konnte. Die beiden Frauen gingen den Bahnsteig entlang, Haralds Mutter schleppte den Koffer. Der Bahnhofsvorstand brummte etwas Unverständliches, als Dieda ihm den Becher übergab, sich auf dem Absatz umdrehte und davonlief. Am Ende des Bahnsteigs holte sie die Frauen ein. Sie stiegen über die Gleise, die Frau hatte Schwierigkeiten, ihre Füße zu heben.
Aus einem Viehwaggon winkten Soldaten.
»Schnell!«, riefen sie. Einer sprang herunter, packte den Koffer, hievte ihn ins Innere, ein zweiter sprang heraus, sie hoben die Frau hinauf, dann Haralds Mutter. Der erste reichte Dieda eine Hand und zog, einen Augenblick zappelte sie zwischen Boden und Waggon, der Zug fuhr ruckartig an, dann stand sie drinnen und die Soldaten schlossen die Tür.
Ein ekelhaft süßlicher Geruch füllte den Waggon. In einer Ecke stöhnte ein Mensch unter einem Bündel von Mänteln. Einer saß auf einer Decke, begann die Lappen von seinen Füßen zu wickeln. Dieda bemühte sich, ganz flach zu atmen, ihr war übel von dem Gestank, trotzdem musste sie hinschauen auf dieses schwarz, rot und blau

glänzende Fleisch. Nie hatte sie etwas so Totes gesehen wie diese Füße. War das ein Wurm, der sich an der Sohle kringelte? Zwei, drei, sieben Würmer!

Ein Soldat, der mit dem Rücken an der Waggonwand saß, stand auf und bot der Frau seinen Platz an. Haralds Mutter breitete ihren Mantel aus, half der Frau beim Hinsetzen. Sie lehnte sich an die Wand, es schien sie nicht zu stören, dass ihr Kopf immer wieder anschlug, wenn der Zug über eine Weiche ratterte. Ihr Gesicht war grau. Der Soldat neben der Frau rückte ein Stück zur Seite, Dieda konnte sich zwischen ihn und die Frau setzen. Da musste sie wenigstens ihr Gesicht nicht immerzu ansehen, das ihr Angst machte.

Ein Soldat mit verbundenem Kopf lud Haralds Mutter ein, sich neben ihn zu setzen. Sie funkelte ihn wütend an. Was hatte sie nur? Der Soldat grinste. Das Grinsen war zuerst spöttisch, dann gefährlich.

Die Brust der Frau hob und senkte sich regelmäßig. Dieda spürte die Bewegung an ihrem Ellbogen, der zwischen ihr und der Frau eingeklemmt war. Der Soldat an ihrer anderen Seite schnarchte, es störte ihn auch nicht, als einer ihn in die Seite boxte.

Die Frau schlief. Dieda bemühte sich stillzuhalten, um sie nicht zu stören, und schlief dabei selbst ein. Ein Hustenanfall weckte sie, einer der Männer keuchte, röchelte, bellte, würgte, erbrach schließlich vor krampfigem Husten. Haralds Mutter sprang auf und presste ihr Gesicht gegen die Gitterstäbe vor dem kleinen Fenster.

Plötzlich drehte sie sich um, öffnete den Koffer, wickelte die Schuhe aus den Zeitungen, wischte das Erbrochene mit dem Zeitungspapier auf und warf das Knäuel aus dem Fenster. Ein Blatt hatte sie aufgehoben, darauf spuckte sie mehrmals, dann wischte sie damit ihre Hände ab.

Ein Soldat öffnete die Waggontür einen Spalt, stellte sich breitbeinig davor, pinkelte hinaus. Haralds Mutter verzog das Gesicht.

»Was sein muss, muss sein«, sagte der Soldat.

Dieda beneidete ihn. Ihre Blase würde gleich platzen.

Irgendwo auf freiem Feld blieb der Zug stehen. Jemand schlug an die Tür. »Fünf Minuten!«, rief eine Stimme. Alle stürzten hinaus. Die Frau erhob sich mit Mühe, trat vor die offene Tür und sah verzweifelt um sich. Dieda sprang hinunter, reichte ihr die Hand. Die Frau schüttelte den Kopf. »Es geht nicht. Es ist zu hoch.« Ein Soldat, der vorüberging, packte sie um die Mitte und hob sie hinunter.

Dieda hockte im Graben. Sie hatte nicht gewusst, dass so viel Wasser in ihr Platz hatte, obwohl sie doch gleichzeitig das Gefühl hatte, dass sie innen völlig ausgetrocknet war. Sie hatte auch nicht gewusst, wie herrlich es war, endlich pinkeln zu dürfen. Dann stand sie vor dem Waggon und hielt ihr Gesicht in den Wind.

Aus den fünf Minuten wurden fast fünf Stunden. Der Hunger nagte an Diedas Magenwänden. Die Männer saßen ringsum im stachligen, struppigen Gras zwischen den Gleisen und erzählten einander, was sie demnächst essen würden. Die Frau lehnte mit geschlossenen Augen an einem Signalpfosten. Sie war sehr weit weg.

Immer wieder blieb der Zug stehen, niemand wusste warum, niemand wusste, wann er weiterfahren würde. Dieda hatte das Gefühl, sie würden ewig so fahren, stehen bleiben, fahren. Aber dann rief einer: »Da ist schon der Wienerwald!«

Die Männer packten Mäntel und Decken in ihre Rucksäcke, drängten sich ans Fenster. Dieda konnte nicht glauben, dass sie wirklich ankommen würden, doch dann hielt der Zug, die Türen wurden aufgerissen, und da stand Papa, dünner, als sie ihn in Erinnerung hatte, mit Stoppelbart im Gesicht.

»Papa!«

Er kam hergelaufen, sie sprang in seine Arme, er rieb seinen Stachelbart an ihren Wangen, reichte Haralds Mutter die Hand und half ihr herunter, stellte den Koffer ab, hob die Frau heraus.

»Ich fürchte, wir müssen zu Fuß gehen, es gibt kein Benzin.« Er nahm den Arm der Frau. »Wirst du es schaffen?«

Sie nickte. Bei Papa und Haralds Mutter eingehakt ging sie mit kleinen, vorsichtigen Schritten. Papa trug den Koffer, hatte keine Hand frei für Dieda. Sie streichelte seine Jacke, die an ihm schlotterte. Langsam gingen sie nach Hause, mussten immer wieder stehen bleiben, weil die Frau keine Luft bekam. Papa sah nicht aus, als ob er sich freute. Sie kamen an Häusern mit leeren Fensterhöhlen vorbei, an Häusern, die nur mehr halb waren, wo über den Schuttbergen Tapetenreste im Wind flatterten, Fliesen verrieten, dass da ein Badezimmer gewesen war, eine Küche. Vor ihrem eigenen Haus war eine tiefe Grube, über die ein paar Bretter gelegt waren. Im Treppenhaus war es dunkel, die Fenster waren mit Pappe vernagelt. In die Wohnung führte eine Planke, darunter war ein tiefer Schacht. Es gab keine Wohnungstür und keine Wand zur Küche. Im Wohnzimmer aber stand der Tisch mit den Löwenfüßen, standen die Stühle, die Anrichte, der Glasschrank, hing sogar der Spiegel an der Wand. Als wäre nichts geschehen. Großvater kam aus dem zweiten Stock herunter, klopfte an die Zimmertür, das hatte er nie getan, reichte der Frau die Hand, umarmte Dieda, nannte sie sein liebes Bauxerl und sagte, er müsse leider gleich weg, jemand habe gesagt, in einer Glaserei in Hütteldorf könne man vielleicht die zerbrochenen Fenster reparieren lassen, diese Gelegenheit dürfte man nicht versäumen. Früher hatte es Dieda immer witzig gefunden, wie Papa neben seinem Vater anders wurde, anders redete, anders dastand, andere Gesten machte. Heute war Papa so rundum anders, dass dieses Anderssein sie nur noch mehr verwirrte. Großvater war übrigens auch anders. Er mag die Frau nicht, ging es Dieda durch den Kopf.

Der Tisch war gedeckt mit den hauchdünnen Teetassen, auf denen japanische Damen mit hochgetürmten Haaren ihre Fächer hielten, den Tassen, die Mama immer selbst abgewaschen hatte. Dieda sah ihre Mama in der Küche stehen und ihr zeigen, wie das Licht durch das feine Porzellan fiel. Sie schluckte. Wie konnten die einfach Mamas Teetassen auf den Tisch stellen, daraus trinken?

Brigitta kam herein, begrüßte die Frauen, nahm Dieda in den Arm. »Du gehst am besten schnell in die Badewanne; wenn du dich beeilst, bist du fertig, bis das Teewasser kocht. Ich komm gleich nach und wasch dir die Haare.«

Dieda zog sich aus. Sie drehte das Wasser auf, es rann kalt aus der Leitung. Brigitta brachte den riesigen Topf, in dem die Einweckgläser sterilisiert wurden.

»Heißes Wasser aus der Leitung gibt es schon lange nicht«, sagte sie.

Wenn Brigitta Dieda die Haare wusch, kam nie Seife in ihre Augen. Es tat gut, ihre Finger auf dem Kopf zu spüren. Sie packte sie in ein großes Badetuch, rubbelte ihr den Kopf, schnupperte daran. »Jetzt riechst du wieder wie du«, erklärte sie.

»Hab ich so gestunken?«

»Ärger, mein Schatz. Viel ärger!«

Die Frau kam ins Badezimmer, musterte Brigitta und Dieda, sagte aber nichts. Sie musste weit weg von der Waschmuschel stehen, um Platz für ihren Bauch zu lassen. »Könnte ich dann auch heißes Wasser haben?«, fragte sie.

»Selbstverständlich. Ich stelle es gleich auf, nach dem Tee

ist es dann fertig.«

Es gab Apfelkuchen und Hagebuttentee. Papa sagte, er müsse gleich wieder laufen, die Patienten warteten schon auf ihn. Seine Mundwinkel zeigten nach unten. Er betrachtete die Frau, die immer wieder ihren Bauch berührte. Dieda schenkte er kaum einen Blick.

»Darf ich zum Opapa gehen?«

Dieda bekam keine Antwort. War sie unhörbar geworden? Vielleicht auch noch unsichtbar? Dann konnte sie tun, was sie wollte, oder etwa nicht? Dann brauchte sie sich um gar nichts mehr zu kümmern.

Als Papa aufstand, stand auch sie auf. Brigitta würde natürlich mit Papa hinuntergehen, Haralds Mutter würde das Wasser ins Bad tragen, das Brigitta aufgestellt hatte, die Frau würde sich im Badezimmer einschließen. Dieda grinste. Da es keine Wohnungstür gab, musste sie auch nicht aufpassen, die Tür leise zu schließen.

Sie rannte zur Hauptstraße vor, eine Frau schaute ihr nach, ein Mann rief ihr etwas zu. Sollten sie. Bei jedem Schritt spürte sie einen leichten Aufwind, als hätte sie Flügel an den Füßen.

Im Haus der Großeltern glänzte der Messinghandlauf wie früher, sogar die Glasscheibe in der Schwingtür war heil und ganz. Auf dem Fußboden spiegelten sich rot und grün die Muster in den bunten Oberlichten. Es roch sogar wie früher, ein wenig nach Salmiak, ein wenig nach Sidol, aber nicht so, dass es in der Nase gekitzelt hätte, gerade genug, um die blitzende Sauberkeit nicht nur zu sehen, sondern auch zu riechen.

Dieda zögerte einen Augenblick, dann stürmte sie hinauf in den ersten Stock, drückte den Zeigefinger auf die Klingel, den weißen Knopf in dem golden schimmernden Rechteck.

Die Kette schepperte, die Tür ging auf, Omi stand da mit ihrem faltenzerknitterten Gesicht, nahm Dieda in ihre Arme und drückte sie an sich.

Gleich darauf war Opapa da, Dieda sprang an ihm hoch wie früher, klammerte sich an ihn, hing da wie ein Frosch und spürte seinen Atem auf ihrem Haar.

Später tranken sie Kakao, den kostbaren Kakao, den Omi vor Monaten irgendwie ergattert hatte, dessen Duft die ganze Wohnung süß und schwer füllte.

»Mager bist du geworden«, stellte Omi fest und füllte Diedas Tasse nach.

Sie fragten nicht, wie es ihr ergangen war, und sie hatte keine Lust zu erzählen. Es war viel schöner, einfach da zu sein. Zuzusehen, wie Omi Kuchenteig rührte, wie Opapa Rädchen um Rädchen einer Uhr aus der Kiste mit petroleumgetränktem Sand holte, den Rost abrieb und sie blank geputzt auf einem Tuch ausbreitete. Sogar zu hören, wie Omi über den Petroleumgestank schimpfte, war schön. Omi hatte immer schon über den Gestank geschimpft und über die Unordnung, die sie und Opapa auf dem Esstisch machten, wenn er ihre Spielsachen reparierte oder sie gemeinsam etwas bastelten.

»Wann musst du zu Hause sein?«, fragte Omi plötzlich.

»Weiß nicht. Sie haben nichts gesagt.«

Omi erschrak. »Heißt das, du bist einfach weggelaufen?«

Omi nahm die Schürze ab, hängte sie an den Haken neben der Küchentür. »Dann müssen wir dich sofort zurückbringen!«

Es half nicht, dass Dieda protestierte. Die Großeltern begleiteten sie. Als das Haus vor ihnen auftauchte, sah Dieda wieder das weiße Schiff und die Flammen, die aus den Fenstern im obersten Stock schlugen. Sie fröstelte. Die Frau und die Großeltern begrüßten einander höflich, aber zwischen der Frau und Omi war eine Spannung, die knisterte und Funken stob. Die Frau lud sie nicht ins Wohnzimmer ein, stand nur da im verwüsteten Vorraum. Die Großeltern gingen auch gleich, Opapa bat ganz höflich, ob er Dieda am nächsten Tag abholen dürfe. Dieda ärgerte sich. Wieso bat er? Dieda war seine eigene Enkelin. Wie kam die Frau dazu zu entscheiden, ob er sie abholen dürfe?

»Warum hast du nicht gesagt, wohin du gehst?«, fragte die Frau.

»Hab ich doch!«

Die Frau schüttelte den Kopf. »Ich habe dich jedenfalls nicht gehört. Du kannst nicht einfach weglaufen! Wenn das noch einmal passiert, bleibt mir nichts übrig, als dir Hausarrest zu geben.«

»Ich hab gefragt!«

Haralds Mutter kam aus der Küche. »Ist es wirklich nötig, frech zu sein, wenn deine Mutti es schwer genug hat?«

Dieda ging aufs Klo, ballte die Fäuste, biss in ihre Knöchel. Sie hatte sich so sehr auf Wien gefreut.
Papa kam erst herauf, als Dieda schon ins Bett geschickt worden war. Er beugte sich über sie, gab ihr einen Kuss auf die Wange. Sie tat, als schliefe sie.
Wenn sie doch bei Opapa und Omi leben könnte. Omi schimpfte auch oft, aber anders. Und Opapa war da, das vor allem. Morgen, beschloss sie, morgen frage ich Papa. Ich kann ihn ja besuchen, wenn er einmal Zeit hat für mich.
Wie groß ihr Zimmer war. Von draußen schien ein Lichtstrahl herein. An der Seite des Schranks stand einer, mit riesigen spitzen Ohren und haarigen Beinen. Gleich würde er aus dem Holz heraustreten. Dieda verkroch sich unter die Bettdecke, bis sie meinte, gleich ersticken zu müssen. Sie streckte die Nase heraus, schielte hinüber zum Schrank. Es war ein Dämon, sie hatte sich nicht geirrt. Der war doch nie da gewesen, früher. Die riesigen Ohren hörten jeden Laut im Zimmer, gewiss hatte er auch Augen, aber die wollte sie nicht sehen, wenn sie seine Augen sah, würde auch er sie sehen. Was war das für ein Geräusch? Wer wimmerte? Es dauerte lange, bis ihr klar wurde, dass sie selbst es war, die wimmerte.
Sah der Dämon nicht irgendwie aus wie ein Eichhörnchen? Wie ein riesiges Eichhörnchen? Würde der Alte seinen Krieg wieder aufnehmen? Sie steckte den Daumen in den Mund. Wahrscheinlich würde die Frau am Morgen wissen, dass sie es getan hatte. Dann wusste sie

es eben.

Papa war nicht mehr da, als Dieda aufstand. Die Frau und Haralds Mutter saßen in ein Gespräch vertieft am Wohnzimmertisch und tranken Tee. Die Frau sah nicht mehr so grau aus. Sie fädelte ein blaues Bändchen in ein Babyhemd. Eines von Diedas Babyhemden. Keiner hatte sie gefragt, ob sie dem neuen Kind ihre Babysachen schenken wollte.

»Bist du sicher, dass es dir nichts ausmacht, wenn ich schon morgen versuche zurückzufahren? Ich mache mir Sorgen...«

»Ganz sicher«, sagte die Frau.

Haralds Mutter seufzte. »Ich muss heute sehen, was von unserer Wohnung übrig geblieben ist, und von der Wohnung der Eltern. Meinst du, dass die Stadtbahn schon wieder fährt?«

»Wir können Brigitta fragen.«

Die Frau schrieb etwas auf ein Blatt Papier, faltete es zusammen. »Bring das Papa. Und bei der Gelegenheit frage doch Brigitta wegen der Stadtbahn.«

»Natürlich«, beeilte sich Dieda zu sagen. Sie wusste genau, dass die Frauen reden wollten und keine Zuhörerin brauchen konnten, aber das störte sie nicht. Sie war immer schon gern im Wartezimmer gewesen, die Leute erzählten oft schrecklich aufregende Dinge, die sie zum Teil überhaupt nicht verstand, was die Geschichten noch aufregender machte. Manchmal beantworteten sie auch

eine Frage, man musste nur sehr vorsichtig sein, was man fragte. Es gab eine Menge Fragen, da wurden die Leute sehr verlegen, lachten dann auch auf eine höchst seltsame Art. Die meisten waren nett zu ihr, sie kam sich wichtig vor, wenn sie im Wartezimmer saß und mit den Beinen baumelte. Wenn Brigitta etwas lochen und ablegen musste - warum hieß das eigentlich ablegen? -, durfte Dieda auf den Locher drücken und bekam hinterher die kleinen runden Papierschnitzel, aus denen ließen sich schöne Blumen kleben. Sie würde sich ins Wartezimmer setzen, und wenn dann niemand mehr vor ihr war und Papa sagte: »Der Nächste bitte!«, dann würde sie hineingehen und sich auf den Patientensessel setzen und mit ihm reden. Dann musste er ihr zuhören. Sie hüpfte die Stiegen hinunter, immer zwei auf einmal, die letzten drei in einem Sprung. Morgen würde sie vier schaffen, oder übermorgen, und dann vielleicht sogar fünf.
Brigitta umarmte sie, die Frauen im Wartezimmer freuten sich, sie zu sehen, nur eine musterte sie düster und steckte gleich den Kopf hinter ihre Zeitung.
Als sie endlich zu Papa hineingehen durfte und ihm ihr Anliegen vortrug, hob er abwehrend die Hände, seine Mundwinkel verbogen sich noch weiter nach unten, die Falten zwischen Nase und Mund schnitten tiefe Rillen in sein Gesicht.
»Du bist doch mein großes, vernünftiges Mädchen. Bitte, mach es mir nicht noch schwerer, als alles eh schon ist.«
Er stand auf. Sie war entlassen.

»Was ist denn los?«, fragte Brigitta.
An dem Knoten im Hals konnte kein Wort vorbeikommen. Dieda lief hinaus, lief in den zweiten Stock, zögerte kurz vor der Wohnung ihres Großvaters, aber es war sinnlos, ihn jetzt zu besuchen. Sie lief einen Stock höher. Die Eisentür zum Dachboden war versperrt, aber hier würde sie so schnell niemand stören. Sie setzte sich auf die oberste Stufe, stützte den Kopf in die Hände.
Warum ließen sie sie nicht bei Opapa und Omi leben? Hier brauchte sie sowieso niemand. Hier waren nicht einmal Harald und der lästige kleine Tommy. Ein säuerlich bitterer Geschmack zog ihre Wangen nach innen. Mit jedem Atemzug wurden ihre Schultern schwerer. Unten fiel die Tür zu. Dann hörte sie Papas Schritte auf der Treppe. Papas Schritte hätte sie überall erkannt. Er ging in die Wohnung.
Sie schlich einen Stock hinunter, hockte auf dem Treppenabsatz, halb versteckt hinter der Säule. Eine Weile hörte sie gar nichts, dann rief die Frau: »Dieda!«
»Was soll das heißen?« Papas Stimme knapp vor dem Gebrüll, das sie vergessen hatte, dem Gebrüll, wenn er sehr zornig war. »Sie hat darauf bestanden, dass wir sie so nennen«, sagte die Frau. »Auf ihren Namen hat sie überhaupt nicht mehr reagiert, da haben wir uns daran gewöhnt.«
»Und wo ist sie jetzt?»
»Sie ist zu dir gegangen. Ich hatte mich schon gewundert, warum sie nicht zurückkam. Sie sollte auch Brigitta

fragen wegen der Stadtbahn.»
»Was ist mit der Stadtbahn?«
»Ob sie fährt. Ich weiß wirklich nicht mehr.. . «
Die Stimmen klangen so böse. Kälte stieg von den Steinfliesen auf. Dieda fröstelte.
Papa lief die Treppe hinunter. Recht geschieht ihnen, dachte Dieda, aber plötzlich hielt sie es nicht mehr aus und rannte ihm nach.
»Wo warst du?«, fragte er. Noch bevor sie antworten konnte, schickte er sie in die Wohnung. »Mutti macht sich große Sorgen, geh und sag ihr Bescheid.«
Die Frau saß im Wohnzimmer und starrte ihre Hände an. Haralds Mutter war weggegangen.
»Du wirst die Wohnung nicht mehr ohne Erlaubnis verlassen«, sagte die Frau. »Geh jetzt in dein Zimmer.»
Der Dämon an der Seite des Schranks grinste. Er hatte keinen Mund, aber er grinste. Am Nachmittag kam Brigitta herauf. Ob sie mit Papa Hausbesuche machen wolle? Dieda wollte «Nein!« schreien, »Nein, ich will nicht, wenn sie so mit mir sind, will ich auch nichts von ihnen wissen«.
Stattdessen sagte sie: »Ja, gern.«
Papa rannte wie immer, seine offene kurze Jacke wehte hinter ihm her, Dieda hatte Mühe, ihm zu folgen. Sie gingen den Hügel hinauf. Hier hatten die Häuser Fensterscheiben, in denen die Sonnenstrahlen funkelten. In einem Garten stand ein Baum voll roter Äpfel.
»Schau«, sagte Papa, »Mutti hat es wirklich nicht leicht.

Ich hätte gedacht, ich könnte mich auf dich verlassen. Du bist doch mein gescheites großes Mädchen.«

Früher einmal hatte sie gedacht, es sei eine gute Sache, gescheit zu sein. Da hatte sie sich aber gründlich geirrt.

Sie konnte nur nicken.

Papa drückte ihre Hand.

Schwester Felicia strahlte übers ganze Gesicht, als sie Dieda sah, ging mit ihr in den Stall und zeigte ihr acht rosige kleine Ferkel. Schwester Felicia beugte sich über den Koben und hob eines heraus, legte es Dieda in den Arm. Die anderen begannen gellend zu quieken, rannten durcheinander, kletterten übereinander. Schwester Felicia lachte und schimpfte. Das Ferkel fühlte sich gut an. Dieda kraulte ihm die Ohren, blickte in die wasserhellen Augen mit den weißen borstigen Wimpern. Die dicke Sau im Nebenkoben grunzte ärgerlich und rieb ihre Flanken an den Brettern. Eines von den Ferkeln rannte durch die schmale Öffnung hinüber, stupste die Mutter in den Bauch und begann zu nuckeln. Gleich entstand ein Gedränge an dem Durchlass, das nächste Ferkel wollte unbedingt die Zitze, an der sein Bruder oder seine Schwester trank, sie knufften und schubsten einander.

»Auch nicht anders als Menschenkinder«, sagte Schwester Felicia und nahm Dieda das Ferkel ab, das vor lauter Eile, nicht zu kurz zu kommen, über seine eigenen Beine stolperte. Die Sau ließ sich ins Stroh fallen, ihre Kiefer mahlten, während die Jungen boxend und strampelnd an ihren Zitzen hingen.

»Eine gute Mutter ist sie«, sagte Schwester Felicia. »Wirklich eine gute Mutter. Sind nicht alle Säue, beileibe nicht. Eine hatten wir, die hat von sechs Ferkeln vier aufgefressen. Aber du nicht, gelt.« Sie holte einen wurmstichigen Apfel aus ihrer Schürzentasche und gab ihn der Muttersau.

In der Küche bekam Dieda ein Stück Apfelkuchen frisch aus dem Backofen. Sie verbrannte sich die Finger daran, aber er war köstlich. Sie war froh, dass es heute keine Windbäckerei war, zwar glaubte sie nicht mehr, dass der Geruch der Mottenkugeln der Geruch der Heiligkeit war, aber sie wollte trotzdem nicht daran erinnert werden, wie weit sie von der Heiligkeit entfernt war.

In der Nacht träumte sie von einer riesigen Sau, die einem kleinen rosaroten Ferkel den Kopf abbiss. Sie wachte mit Herzklopfen auf, lief aufs Klo, ihr war furchtbar übel. Auch als sie zweimal erbrochen hatte, krampfte ihr Magen noch immer. Es dauerte lange, bis sie wieder einschlief.

Die Frau weckte sie. »Aufstehen! Hast du denn vergessen, dass du heute wieder in die Schule gehst!»

Dieda beeilte sich mit Waschen und Anziehen. Neugier auf die neue Schule mischte sich mit Lampenfieber. Die Frau begleitete sie bis zum Zimmer der Direktorin, dort nahm die Lehrerin sie in Empfang. Die Lehrerin hatte schwarzes Haar und helle Augen – wie Mama. Ihre Zähne waren sehr weiß. Dieda trat hinter ihr in die Klasse. Fünfunddreißig Köpfe hoben sich, fünfunddreißig Augenpaare hefteten sich auf Diedas Gesicht, rutschten ab, blieben an dem Wasserfall ihrer Strümpfe hängen. Ein paar Kinder kicherten. Dieda bemühte sich, hochmütig zu blicken, spürte, dass es ihr nicht gelang. Die Lehrerin ging zum Schrank, nahm eine kleine Schachtel heraus, zwei Hefte und eine dünne Tafel Schokolade. »Ein Geschenk zum Schulanfang, wir haben es für dich aufgehoben, wir wussten ja, dass du kommen würdest.» In der Schachtel waren fingerlange Buntstifte, ein roter, ein grüner, ein gelber, ein blauer und ein brauner. Dieda bedankte sich, ging zu dem Platz, den ihr die Lehrerin zeigte, vorbei an Annemarie, die tat, als hätte sie Dieda noch nie gesehen. Kurz bevor sie ihre Bank erreichte, musste sie über die Beine eines Jungen steigen, der feixend zuschaute. Dieda hielt sich an der Buntstiftschachtel fest. In der Pause tänzelte Annemarie an ihr vorbei, sagte über die Schulter: »Also weißt du, deine Strümpfe sind der reinste Wasserfall. Man muss sich ja schämen mit dir.« Nach der Schule hakte sie sich plötzlich bei Dieda ein und hüpfte mit ihr den Hügel hinunter. »Ein Hut - ein Stock - ein Regenschirm - und vorwärts, rückwärts, seitwärts...« Sie bestand darauf, dass Dieda gleich nach dem Essen zu ihr käme. Sie habe so viel zu erzählen. Den ganzen Nachmittag hockten sie auf der Klopfstange hinten im Hof, Annemarie machte hin und wieder einen Purzelbaum vorwärts und rückwärts, aber selbst dabei hörte sie nicht auf zu reden.

»Du hast ja überhaupt keine Ahnung«, begannen die meisten Geschichten. »Du warst ja nicht da.« Immer wieder versicherte sie, dass jedes Wort wirklich wahr sei. Sie seien alle im Luftschutzkeller gesessen, erzählte sie. Udo habe geschrien und gebrüllt und alle ganz verrückt gemacht, da sei Frau Blattner hinaufgelaufen, um eine Flasche zu holen, und in diesem Moment habe die Bombe eingeschlagen, auch im Keller sei der Verputz von der Decke gefallen, hier - sie zeigte auf ihre Stirn - habe ein scharfes Stück sie getroffen und es habe fürchterlich geblutet, das Licht sei ausgegangen, und Frau Suchadownik habe laut zu beten begonnen und Fräulein Emma habe beim Vaterunser immer auch *Denn dein ist das Reich und die Kraft und die Herrlichkeit* gebetet, was doch nur der Pfarrer sagt, und die Frau Schiwitz habe deswegen geschimpft, aber die Frau Suchadownik habe gesagt, dem Herrgott sei es egal, ob evangelisch oder katholisch, und als es draußen still wurde, seien sie hinaufgegangen und vor dem Haus sei dieses Riesenloch gewesen und an der Hofseite wären die Wohnungen zur Hälfte abrasiert gewesen und auf dem Schutthaufen lag die Frau Blattner und ihr Hals war ganz verdreht, aber auf ihrem Bauch lag Udo und schrie, und die Flasche wäre heil gewesen, und Fräulein Emma habe Udo aufgehoben und ihm die Flasche gegeben, die war noch nicht einmal kalt. Und als die Russen kamen und die Frauen sich alle Asche ins Gesicht schmierten, auch die alten, da sei sie, Annemarie, einfach vorgetreten und habe einen Knicks gemacht und die Hände gefaltet, und die Russen hätten ihre Locken gestreichelt und wären abgezogen, und alle hätten gesagt, das sei ein Wunder.

»Im Nachbarhaus haben sie geplündert und die Frauen, du weißt schon, nein natürlich, gar nichts weißt du, also dort war es so furchtbar, das kannst du dir gar nicht vorstellen, und alle haben gesagt, ich bin ihre Retterin, und sie werden es nie vergessen.« Sie machte eine Pause, um Dieda Gelegenheit zu geben, sie gebührend zu bewundern, dann fuhr sie fort mit ihrem Bericht. »Wir sind alle noch im Hof gestanden, da haben wir plötzlich drei Schüsse gehört, und das Fräulein Emma ist blass geworden und hat gesagt: Das kommt aus unserer Wohnung. Sie ist gleich losgelaufen, und die Frau Suchadownik hinter ihr, meine Mutti hat mich festgehalten, weil man nie wissen kann, ob die Russen noch in der Wohnung sind, aber es waren nicht die Russen, der Vater von der Helga hat sie und ihre Mutter erschossen und dann sich selbst, weil er doch ein Obernazi war. Das Fräulein Emma hat alle drei in Leintücher gewickelt und im Leiterwagen auf den Friedhof gekarrt, einen nach dem anderen, weil die Leichenbestattung ja nicht funktioniert hat, gar nichts hat funktioniert, die Langer hat gesagt, das Fräulein Emma soll die doch liegen lassen, waren eh solche Obernazis, aber sie hat gesagt, das Kind kann nichts dafür und sie fragt ja auch nicht, wer sonst noch im Haus Nazis waren und wer aus Frankreich den Pelzmantel gebracht hat und das Parfum, und eine Rechnung dafür gibt's bestimmt nicht, und da ist sie weggegangen, und ich hab selbst gesehen, wie das Blut herausgetropft ist.«

»Hör auf«, sagte Dieda.

Annemarie stellte sich auf die Querstange, blickte auf Dieda herab. «Du kannst es nicht einmal hören, aber ich hab es sehen müssen. Mir ist ganz schlecht geworden. Die Frau Suchadownik hat sowieso gleich aufgewaschen, aber die Flecke hat man noch tagelang gesehen, und es hat immer noch so gestunken, irgendwie süß und fad, obwohl ja keine Scheiben in den Fenstern waren. Ich kann es jetzt auch noch riechen, aber meine Mutti sagt, das ist in meiner Nase, nicht in der Luft. Meine Mutti sagt, sie hätte das ganze Bettzeug verbrannt, aber das Fräulein Emma hat alles gewaschen und die Frau Suchadownik hat ihr geholfen und gesagt, es wäre doch schade um das gute Leinen. Seit damals ist der Udo beim Fräulein Emma in der Hirt-Wohnung. Manche Leute sagen, es wäre besser für ihn gewesen, wenn er mit seiner Mutter gestorben wäre, weil er doch nicht richtig im Kopf ist, jetzt sieht man es auch schon, aber wie das Fräulein Emma einmal so etwas gehört hat, hat sie getobt wie... ich hab vergessen, wie die heißen, die sich die Haare raufen und brüllen und heulen, aber wenn ich das Wort wüsste, würdest du es sowieso nicht verstehen.«

Dieda nickte. Das genügte offenbar.

»Die Frau Suchadownik weiß auch nicht alles«, erklärte

Annemarie mit gesenkter Stimme. »Sie hat behauptet, jetzt, wo der Hitler endlich tot ist, wird alles besser.« Annemarie rückte ganz nahe an Dieda, flüsterte nur mehr. »Du kennst doch die Mizzi? Ihre Tante hat auf dem schwarzen Markt Fleisch gekauft, und das Fleisch hat so komisch süßlich geschmeckt, da hat sie das zweite Schnitzel zum Marktamt getragen. Und weißt du, was die gesagt haben?«

Dieda schüttelte den Kopf.

Annemarie streckte beide Hände vor. »Das ist Menschenfleisch, haben sie gesagt!«, rief sie. Sie wartete, bis Dieda von dem Schauder durchlaufen war, mit dem sie gerechnet hatte, bevor sie leise weitererzählte. Es gebe Keller, an deren Türen ein weißes Kreidezeichen angebracht sei, dort würden die Menschen geschlachtet und zerteilt. Dieda war froh, als die Frau sie rief. Sie füllte den Mund mit Wasser, spuckte aus, immer wieder, dann trank sie zwei Gläser leer. Am liebsten hätte sie die Badewanne gefüllt, den Kopf ins Wasser gesteckt und gewartet, bis sie innen und außen freigespült war von allem, was sie gehört hatte.

Brigitta kam um zu fragen, ob Dieda Lust hätte, Papa auf seinen Hausbesuchen zu begleiten.

Bei manchen Patienten durfte sie im Wohnzimmer warten, bekam ein Buch in die Hand gedrückt oder ein Fotoalbum, konnte die Kinkerlitzchen in Vitrinen oder auf Regalen anschauen. Das machte Spaß. Bei Patienten, die in winzigen Wohnungen lebten, musste sie im Stiegenhaus warten. Sie unterhielt sich damit, Treppenspringen zu üben, einmal schaffte sie tatsächlich fünf Stufen, das war fast wie Fliegen. Sie las die Hausordnungen. Das Halten von Haustieren ist ohne ausdrückliche Zustimmung der Hausverwaltung verboten. Schuheputzen auf den Gängen vor 6 Uhr und nach 8.30 ist verboten. Die Toiletten sind sauber zu halten. Das Lärmen auf den Gängen ist verboten.

Es ärgerte sie, dass sie alle Hausordnungen lesen musste, obwohl sie doch immer gleich waren. Buchstaben zu sehen und nicht zu lesen war ebenso unmöglich wie eine juckende Stelle nicht zu kratzen.

Durch die Ritzen zwischen den Pappendeckeln oder Holzplatten fiel selbst zu Mittag nur wenig Licht und jetzt wurde es immer dunkler. In allen Ecken, hinter jeder Biegung der Treppe, nisteten gefährliche Schatten. Sie versuchte zu pfeifen, doch gelangen ihr nur sehr unheimliche Töne, die kalt gegen die Zähne zischten. Wieso brauchte Papa so lange?

Ein Mann kam die Treppe herunter, einen Eimer in der Hand, den er in die Mülltonne leerte. Etwas schwappte nass in die Tonne. Der Mann ging zurück, runzelte die Stirn, als sie ihn grüßte. Kurz darauf kam er wieder, wieder mit dem Eimer, in dem es gluckerte, wieder leerte er ihn aus. Seine schweren Schritte dröhnten.

Als oben eine Tür ins Schloss gefallen war, durchzuckte es Dieda: Der Mann hat meinen Papa geschlachtet. Jetzt hat er das ausgeleert, was nicht zu verkaufen ist. In diesem Augenblick sah sie das weiße Kreidezeichen an der Kellertür.

Wenn der Mann wiederkommt, springe ich ihn an und stelle ihn zur Rede.

Sie schlich zum ersten Treppenabsatz, drückte sich in die Nische an der Wand, spannte jeden Muskel an. Nach einer Weile spürte sie, wie ihre Beine zitterten. »Aus«, flüsterte sie, »aus!« Der raue Verputz kratzte ihren Rücken.

Eine Tür knarrte im zweiten Stock. Schritte auf der Treppe. Dieda hielt den Atem an, drängte sich noch enger an die Wand. Sie ließ den Mann vorbeigehen. Als er zwei Stufen unter ihr war, sprang sie los, klammerte sich an seinen Rücken. Er schwankte, hielt sich am Treppengeländer fest.

»Was zum Kuckuck. . . «

Das war Papas Stimme!

Es war Papa.

Ihre Hose wurde nass. Sie schämte sich, wie sie sich noch nie geschämt hatte.

»Was ist denn los?«, fragte er und sie konnte nicht antworten, konnte nicht erklären. Breitbeinig lief sie hinter ihm her. Die nasse Unterhose wetzte an ihren Schenkeln. Ihr Vater schüttelte den Kopf. »Sie ist wirklich schwierig«, hörte sie ihn später zu der Frau sagen.

Am Sonntag durfte sie endlich die Großeltern besuchen. Omi buk Haferflockenschnitzel, sie hatte eine Gurke aufgetrieben und von der Hausmeisterin drei Stängel Dillkraut bekommen. Hinterher gab es Kastanienreis aus weißen Bohnen. Ein Festessen.

Natürlich gingen sie auf den Friedhof. Unterwegs pflückte Dieda Skabiosen, Kamillen, Wiesenbocksbart, wilden Kümmel. »Ein schöner Strauß«, sagte Opapa. Auch wenn er sonst dagegen war, Blumen zu pflücken, ein Strauß für Mamas Grab war etwas anderes.

Omi buddelte das Kompottglas, das immer hinter dem Kreuz lag, in die Erde, füllte es mit Wasser, gab Diedas Blumen hinein, zog ein paar lange Grashalme mit lila Ähren heraus, steckte sie weiter hinten ins Glas, zupfte Birkenblätter aus dem Efeu, fuhr mit dem Taschentuch über die Tafel mit Mamas Namen und dem Namen von Papas Mutter, der Großmutter, die Dieda nie gekannt hatte.

»Deine Mama hat ihre Freude an dir«, sagte Opapa.

»Wenn du brav bist«, sagte Omi.

Sie gingen hinauf bis zum höchsten Punkt des Friedhofs. Vor den Gräbern von Freunden und Bekannten der Großeltern blieben sie einen Moment stehen, Omi richtete hier eine Blume gerade, zupfte dort Unkraut aus. Die Mauer einer Gruft war geborsten, Dieda blickte in einen Schacht, wo das Dunkel so tief war, dass es sie schauderte. Auf dem Weg lag ein sehr kleiner Knochen. »Ein Fingerknochen«, sagte Omi. Opapa hob ihn mit dem Taschentuch auf, steckte ihn in die lockere Erde eines frischen Grabes.

»Die Menschen haben nichts zu essen, aber sie haben schon Stiefmütterchen gepflanzt«, sagte er.
Omi nickte. »Von hier oben sieht die Stadt gar nicht so zerstört aus«, stellte sie fest.
Opapa nahm Diedas Hand. Sie bemühte sich, nicht daran zu denken, dass er einen Menschenknochen aufgehoben hatte.
Ein Ahorn leuchtete so golden in der Sonne, dass es aussah, als brenne er. Die ersten Kastanien fielen von den Bäumen, schmiegten sich glatt und wie feucht in die Hand. Opapa füllte seine Jackentaschen damit.
»Du wirst sie ausbeulen«, sagte Omi. »Es ist dein guter Anzug.«
Er lächelte. Unter einer Buche fanden sie Bucheckern, die sammelten sie auf, Omi meinte, sie könnte sie schälen und trocknen und als Ersatz für Nüsse verwenden. Daheim schnitzte Opapa ein Körbchen aus einer Kastanie, durchbohrte die anderen und fädelte sie auf eine Schnur. Die Kette hängte er Dieda um den Hals. Sie betrachtete sich lange im Spiegel. Feierlich sah die Kette aus.
Als die Großeltern sie zurückbrachten, kam Brigitta aus dem Wartezimmer gelaufen, hielt noch den Besen, zog das nasse Bodentuch hinter sich her. »Sie sind ins Krankenhaus gefahren, ich glaube, es ist so weit», sagte sie. Omi erklärte sofort, sie würden warten, bis der Herr Doktor zurückkäme. Früher, fiel Dieda plötzlich ein, hatte sie *Stefan* oder mein *Schwiegersohn* gesagt. Seit Papa die Frau

geheiratet hatte, sagte sie *der Herr Doktor*. Sie schickte Dieda ins Bad, kochte Grießbrei, wusch die Teetassen ab, die noch im Wohnzimmer gestanden waren, schüttelte das Tischtuch aus, kehrte den Küchenboden auf.

»Du gehst jetzt ins Bett«, bestimmte sie, sobald Dieda den letzten Löffel in den Mund gesteckt hatte. »Zähneputzen nicht vergessen.«

»Ich will auf Papa warten!»

»Das kann lange dauern«, sagte sie. »Wir bleiben da, bis er kommt.«

»Wie ist das, wenn man ein Kind kriegt?«, fragte Dieda.

»Es tut ziemlich weh, aber wenn es da ist und alles in Ordnung, dann ist man sehr froh.« Omis Blick fiel auf den Korb mit Papas löchrigen Socken. Sie holte ihn aus der Ecke, zog einen Kniestrumpf über das Stopfholz und begann zu arbeiten. »Schlafenszeit!« Widerrede war zwecklos.

Opapa setzte sich an Diedas Bett, nahm ihre Hände in seine. »Hab keine Angst«, sagte er.

Sie schüttelte den Kopf. Es war gut, dass er da war. Seine Hände waren so warm, ein Haus für ihre Hände.

»Soll ich dir ein Märchen erzählen?«

»Ja, bitte!«

Er dachte einen Augenblick lang nach und begann: »Es war einmal eine Frau, die sich ein ganz kleines Kind sehr wünschte, aber sie wusste nicht, woher sie es nehmen sollte.«

Wünschten sich wirklich alle Frauen Kinder? Komisch,

dachte Dieda. Sie beklagen sich doch ständig, was für eine Plage sie mit ihren Kindern haben.
Das Licht der Straßenlaterne fiel auf Opapas graue Haare, die an der Seite hochstanden, weil er sich beim Erzählen immer wieder in die Haare fuhr. Diedas Lider wurden schwerer und schwerer, sie blinzelte noch hin und wieder. Als Däumelinchen bei der Feldmaus Unterschlupf gefunden hatte, stolperte Dieda über eine Stufe, sie lag doch im Bett, da gab es keine Stufen, sie bemühte sich die Augen aufzureißen, hörte noch *Du musst mir Geschichten erzählen, denn die liebe ich sehr* und schlief ein.

Als sie aufwachte, war Opapa nicht mehr da. Sie sprang auf, lief mit bloßen Füßen ins Wohnzimmer, da standen nur die Möbel und sahen fremd aus in der Dunkelheit. Im Spiegel flammte ein Lichtteich auf, erlosch wieder. Es dauerte lange, bis Dieda verstand, dass es die Scheinwerfer eines vorüberfahrenden Autos gewesen waren. Sie schlich zur Tür von Papas Zimmer, hörte seinen regelmäßigen Atem. Ihre Füße wurden kalt, es hatte keinen Sinn, hier zu warten.
Brigitta weckte sie. »Du hast ein Schwesterchen, es ist ziemlich spät, bitte, beeil dich.« Papa war nicht da. Brigitta kämmte Dieda, während sie ihren Tee trank und an ihrem Brot mümmelte. Für Fragen war keine Zeit.
Als Dieda aus der Schule nach Hause kam, kniete Frau Suchadownik auf den Stufen und bearbeitete sie mit

einem Bodentuch, das jeden Moment zu zerfallen drohte. Eine andere Frau rieb die Messingbeschläge an der Schwingtür. »Der arme Mann«, sagte sie, »schon wieder eine Tochter. So ein netter Mensch, und hat schon wieder Pech gehabt.«
In dem Augenblick drehte sich Frau Suchadownik um, sah Dieda, fuhr mit der Hand fast bis zu ihrem Gesicht, merkte, dass sie den Fetzen hielt, funkelte die andere Frau an. »Ein Mäderl kann auch ein Glück sein«, sagte sie.
Dieda grüßte und ging auf Zehenspitzen hinauf.
Pech gehabt. Pech gehabt. Ich bin das erste Pech, und jetzt hat er das zweite.
Eine böse kleine Stimme zischte: Da hat er jetzt seinen Sohn. Sein Sohn ist eine Tochter. Ätsch.
Omi wartete mit dem Mittagessen. Die Wohnung roch anders, wenn Omi kochte. Würziger.
»Mit einem Schwesterchen kannst du viel besser spielen«, sagte Omi.
Mich brauchst du nicht zu trösten, dachte Dieda. Ein Unglück kommt selten allein, hatte Frau Fischer oft gesagt. Sie war also nicht mehr allein. Wenigstens gab es kein Glück, das ihr den Platz neben Papa wegnahm. Pfui. Schon wieder bist du neidisch. Und eifersüchtig. Und böse. Bin ich eben. Ich bin ein eifersüchtiges, böses, neidisches Kind. Mein Pech. Euer Pech.
Omi breitete den getupften weißen Volant aus Batist in den Wäschekorb. »Den hab ich für dich genäht, als du zur Welt kamst«, sagte sie und ordnete die Rüschen. Sie

strich das Leintuch auf der kleinen Matratze glatt, schüttelte die Decke auf. Dann schöpfte sie Kümmelsuppe in die Teller.

Papa kam auch am Nachmittag nicht herauf. Brigitta sagte, er habe furchtbar viel zu tun, er müsse ja auch die Hausbesuche nachholen, die er gestern nicht machen konnte. Sie zeigte Omi die gelbe Wolle, die sie von ihrer Tante bekommen hatte und aus der sie ein Jäckchen für das Baby strickte.

»Wie wird sie denn heißen?», fragte Omi.

»Peter wohl nicht«, sagte Brigitta und die Erwachsenen lachten. »Sie haben gar keinen Mädchennamen ausgesucht, sie waren so sicher, dass es ein Sohn würde.« Dieda war wütend und wusste nicht recht warum. Omi schlug einen Spaziergang vor. Natürlich würde der Spaziergang auf den Friedhof führen. Alle Spaziergänge führten auf den Friedhof. Vorher, sagte Omi, wollten sie kurz Großvater besuchen, er habe sie zum Kaffee eingeladen. Natürlich ging Dieda mit hinauf.

Großvater erhob sich aus seinem roten Brokatsessel. Die Mokkatassen mit den bunten Blumen standen schon auf dem Tisch.

»Wie der Kaffee duftet!«, sagte Omi. »Einfach herrlich.« Großvater setzte sein verschmitztes Lächeln auf, reichte Omi ein winziges Päckchen. Sie steckte die Nase hinein, schüttelte den Kopf, roch noch einmal daran. »Ich kann es einfach nicht glauben«, sagte sie. »Danke! Wenn ich damit nach Hause gehe, werden alle Kaffeeschwestern hinter mir herlaufen und fragen, wo ich den herhabe.« Großvater hob die Hände. »Schick sie bloß nicht alle zu mir.«

Dieda bekam ein Löffelchen Kaffee in eine Tasse Milch. Die Erwachsenen wollten reden und sie störte. Das konnten sie ihr ja sagen, fand sie. Sie beschloss, keinen Wink zu verstehen, auch wenn die Zaunpfähle nur so durch die Luft flogen. Sie kicherte bei der Vorstellung, wie gefährlich das in Großvaters Zimmer war.

»Freust du dich auf dein Schwesterchen?«, fragte er.

Sie sollte sich also freuen. Sehr erfreut sahen die Erwachsenen nicht aus.

Großvater ging mit auf den Friedhof. Dieda sammelte Kastanien auf, da hörte sie ihn sagen: »Es gibt eben kein Umtauschrecht, leider. Wenigstens ist es gesund, soviel ich gehört habe. Man muss nehmen, was kommt.« »Vielleicht ist es besser so«, meinte Omi. »Es wird schwer genug sein für sie.« Dieda spürte ihren mitleidigen Blick auf der Wange wie einen Stich.

Vor den meisten Gräbern lüpfte Großvater den Hut, grüßte im Vorübergehen. Hatte er alle die Toten gekannt? R.I.P. stand auf vielen Steinen und Kreuzen. Ruhe in Frieden. Warum dann P und nicht F? *Unsere gute Mutter. Unser bester Vater. Unser geliebter Sohn. Der Freund der Armen.* Nur gute Menschen, und alle tot. *Die Liebe aber währet ewiglich.* Das Grab, auf dem dieser Spruch stand, war mit Unkraut überwuchert.

Auf dem Kreuz an Mamas und Großmutters Grab stan-

den nur die Namen, Geburts- und Sterbedaten. Gelbe und violette Stiefmütterchen blühten. Dabei waren sie doch keine Stiefmütter gewesen. Mama, mach, dass ich brav bin, damit sie mich endlich liebhaben, Amen.
Die Birkenzweige peitschten den grauen Himmel. Ein Wolkentier streckte die Zunge heraus, ließ einen zweiten Kopf wachsen. Ob da unter dem Kies auch Tote lagen? Überall sind Tote, hatte Gretel gesagt. In der Luft, in der Erde, im Wasser, überall. Dann bin ich auch voll Tod. Alle sind voll Tod.
Großvater setzte den Hut auf. »Behüte dich Gott«, sagte er leise. »Bald komm ich zu dir.« Er zog sein blütenweißes Taschentuch heraus, wischte sich über die Augen. Dann wird das kein Frauengrab mehr sein, ging es Dieda durch den Kopf.
Brigitta fragte Dieda, ob sie Lust hätte, mit ihr einen Kuchen zu backen. Sie hätte zwei Eier von einer Patientin bekommen, und morgen käme die Frau Doktor nach Hause. Dieda schlug den Schnee, bis ihr die Arme weh taten, und er war offenbar noch immer nicht fest genug. Brigitta rührte Eigelb und Zucker, der Kochlöffel knallte gegen die Schüssel.
»Warum sind Mädchen weniger wert?«, fragte Dieda. Brigitta stieß Luft zwischen den Zähnen aus. «Blödsinn. Mädchen sind genauso viel wert. Manche Leute wissen's nur nicht.«
»Warum sagen dann alle, der Papa hat eben Pech gehabt?«
»Weil die Leute blöd sind«, fauchte Brigitta. »Und die

blödesten sind die Frauen, weil sie mitmachen, und von den blödesten die allerblödeste … « Sie brach ab, siebte das Mehl in die Schüssel und schlug den Teig mit solcher Wucht, dass Dieda dachte, gleich würde die Schüssel in Scherben auf den Küchenboden fallen.

»Lass dir nie einreden, dass du weniger wert bist als andere, egal, wer die anderen sind«, sagte sie, als sie den Kuchen ins Backrohr schob. So wütend hatte sie noch nie geklungen.

Dieda nickte nur.

»Versprich mir's!«

»Ich verspreche es.«

Brigitta hielt ihr die mehlige Hand hin. Dieda drückte sie fest.

»Und jetzt geh und räum dein Zimmer auf.«

Dieda war völlig verwirrt. Mit Brigitta, hatte sie gemeint, kannte sie sich aus. Aber da gab es noch eine andere Brigitta, eine, die genauso unberechenbar war wie die meisten Erwachsenen.

Auf ihrem Schreibtisch lag alles durcheinander. Dieda begann Bleistifte zu spitzen.

Sie war fast fertig mit dem Schreibtisch, als Brigitta ins Zimmer kam. »Wenigstens aufgegangen ist er«, sagte sie.

»Wer?«

Brigitta verdrehte die Augen. »Der Kuchen natürlich. Mir scheint, du spinnst auch schon.«

Wenigstens hatte sie auch gesagt.

Sie gingen miteinander zur Gärtnerin, die Dieda auf

beide Wangen tätschelte und ihr einen Apfel in jede Hand drückte, den sie vorher an ihrer Schürze glänzend gerieben hatte. Sie schnitt sogar die letzten drei Rosen vom Strauch neben dem Tor, dazu Astern und Dahlien.

»Also uns kann man wenigstens nichts nachsagen«, erklärte Brigitta, als die Blumen auf dem Tisch standen.

»Wie meinst du das?«

Brigitta wandte sich ab. Dieda war nicht sicher, aber sie meinte, sie hätte Tränen in ihren Augen gesehen. Papa kam spät, umarmte Dieda, küsste sie auf die Stirn, aber seine Gedanken waren ganz woanders. Sie küsste ihn nicht zurück, und das Schlimmste war, dass er es offenbar gar nicht bemerkte.

»Ich kann mich doch darauf verlassen, dass du mein braves Mäderl bist, wenn Mutti morgen kommt?«

Brav, brav, brav. Das war alles, was ihnen einfiel. Braves Schaf.

»Schau nicht so bös«, sagte er.

Als Dieda aus der Schule kam, hörte sie schon auf der Treppe lautes Weinen. Im Wäschekorb lag das Baby und schrie, sein Mund war so weit offen, dass es aussah, als bestünde der ganze Kopf nur aus diesem riesigen Mund. Die winzigen Hände fuchtelten vor dem roten Kopf, an dem blonde Haare klebten.

Das also sollte Diedas Schwester sein. Gegen sie war Udo eine Schönheit. Kein Wunder, wenn die Leute Papa bedauerten.

Die Frau kam aus dem Badezimmer gelaufen, hob das

brüllende Bündel auf, wiegte es hin und her.
»Willkommen daheim«, sagte Dieda, wie ihr Brigitta eingetrichtert hatte.
Die Frau bedankte sich und schickte Dieda Hände waschen. Sie sah zu, wie sich eine Wasserblase im Ausguss bildete, zerplatzte, von einer neuen abgelöst wurde. »Hab schon verstanden«, sagte sie halblaut.
Sie stand eine Weile vor der Tür zum Wohnzimmer, dann ging sie hinein. Die Frau saß mit offener Bluse im Fauteuil, an ihrer riesigen dunklen Brustwarze hing das Baby, trommelte mit den Fäusten gegen die Brust und schmatzte. Im Gesicht der Frau war ein Ausdruck, den Dieda noch nie gesehen hatte. Nicht einmal ihr Opapa schaute sie so an. Die Frau blickte auf, zog die Bluse mit der freien Hand zu. Das Baby begann wieder zu schreien. »Lauf doch für eine Viertelstunde in den Hof«, sagte die Frau, »dann können wir essen.«
Dieda schloss leise die Tür hinter sich. Durch das Gangfenster sah sie Fräulein Emma im Hof, die Udo einen roten Ball zurollte. Er krähte vergnügt, wenn der Ball seine dicken Beine berührte. Dieda wollte jetzt mit niemandem reden, sie schlich hinauf zur Dachbodentür, setzte sich wieder auf die oberste Stufe. Die Frau wollte sie nicht dabeihaben, wenn sie die Kleine stillte. Sie wollte sie auch nicht zu den Großeltern gehen lassen. Warum?
Dieda sah die große dunkle Brustwarze vor sich, schüttelte den Kopf. Sie versuchte, an den See zu denken, an den Berg mit der Felsnase, an den Wald. Mitten im See

schwamm die Brustwarze.
»Mist«, sagte sie. »Mist, Mist, Mist. Was geht mich ihre blöde Brust an?»
Im zweiten Stock quietschte eine Tür, das könnte Großvaters Tür sein. Sie hielt den Atem an, hörte Großvaters Schritte auf der Treppe, das leichte Zögern, bevor er mit dem linken Fuß auftrat. Die linke Hüfte schmerzte ihn fast immer. Er ging nur bis in den ersten Stock, wollte wahrscheinlich das Baby begrüßen. Kurz darauf hörte sie Papa sagen, er habe nur noch einen Hausbesuch in der Nähe zu machen, Brigitta solle oben Bescheid sagen. Brigittas Absätze klapperten auf der Stiege.
Jetzt konnte Dieda hinuntergehen. Sie klopfte an die Wohnzimmertür.
»Seit wann klopfst du?«, fragte Großvater.
Seit heute, wollte sie sagen, schüttelte aber nur den Kopf. Sie trat drei Schritte ins Zimmer.
Das Baby schrie nicht mehr, die Haare klebten ihm nicht mehr am Kopf, sondern standen in einem kleinen Schopf in die Höhe, es hatte eine winzige Nase und runde dunkelblaue Augen mit ganz fein gestrichelten Brauen darüber und langen hellen Wimpern. Der Mund war kein riesiges Loch, sondern ein richtiger rosaroter Mund, und das Gesicht war nicht mehr rot, die Haut sah aus wie die von Fräulein Emmas Porzellanpuppe. Das Baby war schön. Das Schönste waren die Fingerchen, so klein, und doch hatte jedes einen winzigen Nagel und an jedem winzigen Nagel war ein schmaler weißer Mond. Wenn

Pech so aussehen konnte, warum wünschten die Leute einander Glück?

»Du kannst ruhig näher kommen«, sagte die Frau. Dieda ging auf Zehenspitzen. Großvater streckte die Arme aus und zog sie an sich. »Sie sieht dir ähnlich«, sagte er.

Natürlich glaubte sie ihm nicht. So schön war sie nie gewesen, aber es war lieb von ihm, es zu sagen.

Diedas Hand machte sich selbstständig, berührte mit einem Finger die Hand des Babys. Das Baby umschloss Diedas Finger in einem Griff, der viel fester war, als man einem so zarten Wesen zugetraut hätte. Ein richtiger Klammergriff.

Dieda spürte eine ungeheure Wärme in sich aufsteigen. Sie atmete tief ein.

»Willst du sie halten?«, fragte die Frau.

Dieda konnte nur nicken.

»Dann setz dich.« Die Frau löste die kleine Hand von Diedas Finger, das Baby verzog einen Moment lang das Gesicht.

Dieda setzte sich. Die Frau legte ihr das Baby in die Arme. Es lag ganz ruhig, die runden Augen blinzelten kein einziges Mal.

»Na, wie gefällt dir deine Schwester?«, fragte Großvater.

»Sie schaut mich an!«, sagte Dieda.

»Sehen kann sie noch nicht««, erklärte er. »Aber - ja, sie schaut dich trotzdem an.«

»Du kannst ruhig in meinem Korb schlafen«, flüsterte Dieda dem Baby in das rosarote Ohr. Wie gut es roch.

Brigitta brachte das Essen aus der Küche, hinter ihr kam Papa. Er legte Dieda eine Hand auf die Schulter, eine schwere, warme Hand. »Offenbar ist die kleine Theres ganz begeistert von ihrer großen Schwester.«

»Ich heiße Ursel.« Einen Augenblick lang wunderte sie sich, dass sie ihren alten Namen gesagt hatte, aber das war richtig so, für Theres wollte sie nicht Dieda sein. Für Theres war sie die große Schwester, eine große Schwester mit einem richtigen Namen.

Die Frau lächelte. »Du wirst dich daran gewöhnen müssen, zwei Töchter zu haben«, sagte sie zu Papa. »Glaub mir, es gibt Schlimmeres.«

Großvater nickte. »Das stimmt. Drei Söhne zum Beispiel. Ich spreche aus Erfahrung.«

Papa seufzte.

Renate Welsh, geboren 1937 in Wien, studierte Englisch, Spanisch und Staatswissenschaften, arbeitete zunächst als Übersetzerin und gehört heute zu den anerkanntesten deutschsprachigen Kinder- und Jugendbuchautorinnen. Sie wurde u. a. mit dem Österreichischen Staatspreis und dem Großen Preis der Deutschen Akademie Volkach, dem Würdigungspreis des Landes Niederösterreich und dem Preis für Literatur der Stadt Wien ausgezeichnet. 1980 erhielt sie für »Johanna« den Deutschen Jugendliteraturpreis.